――ポン
と軽い音と煙が彼女を包んだ。
すると次の瞬間には、15歳くらいの、
犬耳と尻尾を生やした女の子が、そこにいた。
「ど、どう？」
「おお！　すごい、可愛いと思うよ！」
疲れているのもあって、
率直な感想しか述べられなかったが、
「そ、そう?!　嬉しいわ！」
INAME
シア
INAME
アルト

NAME
アディプス
「アルト、早く食べましょうよ！」
シアが催促してきた。
彼女だけではなく、スライムや、
アディプス、そしてエウロスもいた。
それぞれ、テーブルについている。
エウロスは風でお皿をテーブルの上に運びながら言う。
「作物を食べるためだけに
呼ばれるの、初めてね」

INAMEI
エウロス
その言葉にアディプスも頷く。
「エウロスもですか。私もです」
「変だったかな。皆の協力で出来たものだから、皆で味わった方が良いかなって思ったんだけど」

――ガシン！
と、鈍い音がした。
それは、ドーズがエルフの少年を
踏み潰した音、ではなく――

昔滅びた魔王城で拾った犬は、実は伝説の魔獣でした

~隠れ最強職《羊飼い》な貴族の三男坊、いずれ、百魔獣の王となる~

[AUTHOR]
あまうい白一
[ILLUSTRATOR]
鍋島テツヒロ

Kラノベブックス

CONTENTS

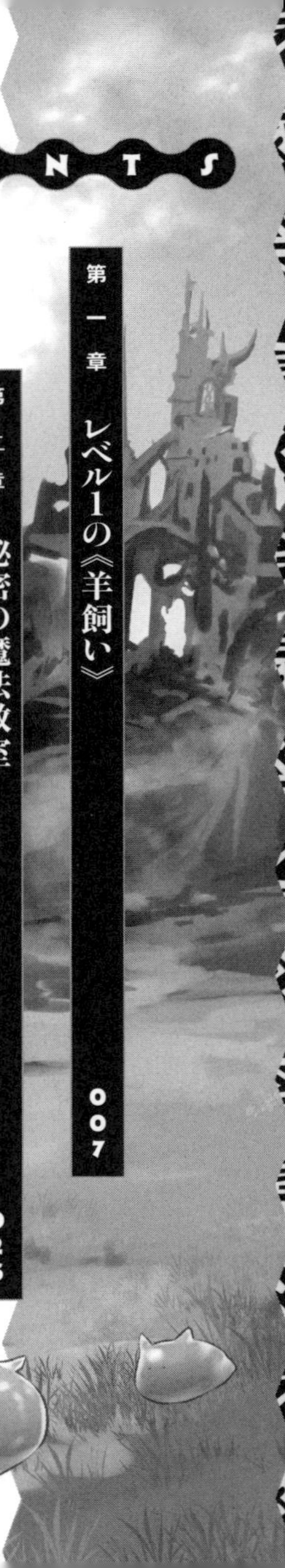

第一章　レベル1の《羊飼い》

「アルト・グローリー。貴方《あなた》の職業は……《羊飼い》です」

俺が10歳になった日、我が家に来た神託の神官はそう言って、『《羊飼い》アルト・グローリーのスキル書』と描かれた一枚の羊皮紙を渡してきた。

【《羊飼い》アルト・グローリー　レベル1】

筋力　G
知力　G
魔力　G
体力　G
異常耐性力　G

習得スキル
・動植物対話ランク1

母は驚きの表情で神官に聞き返している。

「それは……本当ですか、神官様」

「はい。申し訳ありません。魔王戦争を勝ち抜いたグローリー家のご子息だと、何度も神様に確認しましたが、変更はないとの事です。……それでは、私はこれで」

10歳になると、神から適性に合った《職》を授けられる。それが社会の決まりであり、俺も例外になることなく、職業を与えられた。

だが、周りにいる家族──年の離れた姉や兄は、その表情をわずかに強張らせている。神官が去った後、姉は、抱き付いて慰めてくる。

「可哀想なアルト……。魔王が倒れたとはいえ、未だモンスターが蔓延《はびこ》る世の中で、大変よ……」

「ああ。俺は《剣王》。旅立った双子の片割れは《槍術《そうじゅつ》王》。姉さんは《賢者》だというのに。まさか、愛する弟が《羊飼い》とはな。大抵は羊を飼いながら農家をやっているから、一年にレベル1上げるのがやっとだと聞く。戦闘スキルなど殆《ほとん》ど無いから、モンスターを倒せない。それ故レベルも上がりにくい、とのことだ……」

「モンスターを倒せないとレベルアップも満足に出来ないこの世が悪いわ……。レベルを上げないとスキルも魔法も覚える事すら出来ないじゃない」

兄や姉はこちらを撫《な》でてくる。母は祖父に相談している。

「知人の羊飼いは、齢《よわい》60になって、レベルも50になったと聞きますが。それでも魔法は覚えられず、戦闘スキルも得られなかったと聞きます。どうしましょうか、お父さん……」

大人が難しい顔をしそうになりつつ、しかし、こちらの頭を優し気に撫でてくる。

一般的に言って、告げられた職業は、もろ手をあげて喜べるものではないのだろう。それはこの世界において、確かに正しい。だが、とうの俺はというと、

……これで食いっぱぐれる可能性が減ってくれた……!!

少しだけ喜んでいた。

というのも、俺にはおぼろげながら、前世の記憶というものがあった。

この世界で、戦場に身を置き、最後には餓死をした男の記憶だ。

全てが全て覚えている訳ではないし、この歳特有の妄想かもしれないが、確かに覚えていることはあった。

……飢える事に対しての恐怖心は、特に。

貴族の三男坊として生まれ、衣食住は保証されていた。

が、それがいつまで続くか誰も保証できない事も分かっていた。前世にだって、不勉強から落ちぶれた貴族がいた。

だからこそ、この歳になるまで、本を読み漁り、農業や酪農の知識を付け、自給自足の方法を学んでいた。家族や大人たちからは敏《さと》い子だな、とべた褒めされて、好きなだけ本が読めたし。

……《羊飼い》は、ヘタに戦闘職になるよりも、ずっとずっと、物が食える職業だ……！

落ち込む周りに対し、そう前向きにとらえていた。そして、俺と同じように落ち込んでいない人はもう一人いた。

祖父、エディ・グローリーだ。

「よし――アルト、エディ爺《じい》ちゃんに付いてきなさい。良い所に案内しよう」

彼は難しい顔をせずに、こちらを見てそう言った。

「う、うん。分かった」

†

そのまま俺が、祖父に連れてこられた先にあったのは、崩れた城が目立つ、見渡す限りの広大な土地だ。

枯草ばかりで、僅かなりとも緑はあるが、荒れた地だ。

「アルトよ。この辺りはまだ手付かずだから。好きに開墾すると良い」

祖父がそう言う中、俺は崩れた城に目を引かれていて、

「これ、何のお城？」

聞くと祖父は頷《うなず》いて答える。

「元々魔王の城だったんだ」

「魔王って、五十年前に、エディ爺ちゃんたちが倒した？」

「ああ。だから、ここにはもういないし、城が崩れて、近くに町が出来た今、モンスターが集まる事もない。ただ、開墾に手間がかかる土地だけが残ったんだ」

話には聞いていたが、来るのは初めてだ。

「手間……このたくさんの残骸ごと耕さなきゃいけないって事だよね」

「頭の回転が速いなアルト。そうだとも。それ以外にも、『元魔王城』という曰《いわ》くも付いていて、気味悪がられ、触れれば呪われるという噂《うわさ》まである。おまけに王都から遠く離れておる。それ故、魔王戦争を勝ち抜き、爵位を得た者達が褒賞を貰《もら》う際、興味のない土地でもあった」

祖父は遠い目をして言う。

「戦争で爵位を得たワシは権力争いから離れる意味も込めて、ここを貰ったわけだ。だからこそ……ワシら一家、グローリー家が自由に使える土地でもあるんだ」

そう言い終えた祖父は、俺の目を真っすぐ見て、

「鍬《くわ》を振ってみるといい」

鍬を渡してきた。

言われるがままに何度か振るう。地面は土だが硬く、深く入らない。

……石が多いのもあるけれど。

それだけじゃない。

単純にこの地の地面が硬い。まるで金属のようだ。

庭の土とは違う。鍬の刃が入っていかない。

鍬の振り方は本で勉強してきたが、実際にやるのは大違いだ。

「はあ……ふう……」

それでも振ってると、祖父が話しかけてくる。

「お前は今日、《羊飼い》という職を神様から与えられたな。スキルも得られただろう?」

与えられた《職》によって、人はスキルを手に入れられる。そして鍛える事でスキルを増やすことが出来る。

無論、俺の頭の中にも、職業を得た瞬間、スキルの情報が入って来ていて、

「う、うん。【動植物対話ランク1】っていうスキルがね。羊だけでなくて、それを追いかける犬とか。ついでに、他の動物とも喋《しゃべ》れるってやつ。あと、動物の餌にするための植物にも話を聞けるみたい」

「そうだな。動物の餌――つまり人間の餌になる植物に、その能力は使える。そのお陰で酪農だけでなく、農業も捗るだろう」

「そうっ……なの!?　出来るのって、羊を飼うだけじゃないんだ?!」

「ああ。だが……どうだ？　開拓は楽か？」

「ぜ、全然、楽じゃないよ」

既に何度も鍬を振って腕はパンパンだし、足や腰が痛い。

それを伝えると、祖父は小さく頷いた。

「そうだ。スキルがあっても、それがあるからといって、楽な事ではない。それはどの職業でも同じだ」

「ど、どの職業でも？」

「ああ。……魔王が倒れた今でも、モンスターが蔓延る世界では戦闘職の方が必要とされていて、《羊飼い》であるお前は、周囲の皆からガッカリされるかもしれない。だが、気にする必要はない。お前にはお前の戦い方がある」

「……俺の、戦い方……」

祖父の話を聞きながら鍬を振り続けるが、限界がきた。腕が、上げようとしても、上がらなくなったのだ。

それが分かったのか、祖父はそっと、俺の手を止めた。

「限界か」

「はあ……はあ……うん」

「そうか。これがお前が今、耕した範囲だ」

振り返ると、俺が鍬を振れて、掘り返せたのはほんの数メートルと言ったところだ。

「いいかい。お前の今は、これが限界だ。——だから、アルト。『君《きみ》』はこの巨大な土地を開墾して、《羊飼い》として成長するといい」

祖父はそう言った。

「せいちょう……」

「農作業をしていれば体も鍛えられるし、《羊飼い》として成長すれば新たなスキルも手に入る。それはお前が今後の人生を活きる力になるだろう。たとえ、戦闘職でなくても、落ち込む必要はない。力を活かし、出来る事をすれば、それでいいんだ」

祖父の視線は真っすぐで、誤魔化しはなかった。

だからか、俺の心にはすっと、祖父の言葉が入ってきていて、

「……それが俺の戦い方になるんだね」

祖父は頷いた。

「分かったよ、爺ちゃん。俺、頑張るよ」

たとえ、評価されない職業だったのだとしても、頑張って成長しようと。そう思ったのだ。

「そうか。開墾の為の道具が必要ならいつでも言ってくれ。鍛冶師に作って貰おう」

「うん。……それじゃあ今、どれくらい広いか見てきても良い？」

「うむ、それでは、ワシはここで待ってるから。暗くなる前に戻ってきなさい。それと危なそうな場所には近づかない事。分かったね」

「はーい」

祖父に返事をしてから、俺は魔王城跡地に足を踏み入れ、進む。

未だ大きな瓦礫《がれき》が残っており、瓦礫の一つ一つが中々の硬さだと、触れるだけで分かった。

……これは、砕くだけでも相当な力と時間が要りそうだなあ。

今は数メートルの耕しで、ヘロヘロになって、手が豆だらけになる状態だ。この瓦礫一つ砕くのに何時間かかる事か。

……でもまあ、やれることをやるしかない。飢えるのは嫌だし、頑張るかなあ。

と、何気なく思っていた、そんな時だ。


『たすけて……』

遠くから声が聞こえた気がした。

「え……」

慌てて振り向くが、誰もいない。

気のせいだったか、と思ったが、

『おもい……おなか、すいた……たすけて……』

また聞こえた。

聞き間違いではない。

だから俺は改めて、声が聞こえた——気がした方向をじろりと見た。

そして、見つけた。

「これって……」

瓦礫と瓦礫が折り重なって影を作っている場所。

そこに、毛布にくるまれた状態で、しかしぐったりとしている小さな犬がいたのだ。

赤い毛をした、奇麗な犬であるが、この様子を見るに、

「捨て犬って、酷いな、こんなところに」

こんなところだから、捨てるのにちょうどよかったのかもしれないが。

いや、今はそんなことを考えている場合ではなく、

「可哀想に」

まず、犬が潰されないように瓦礫をどけた。

……いてて。

大分重い。瓦礫が尖《とが》っていたから、手の豆が破れて血だらけになったが、どうにかどかせた。これでもう潰れる心配はない。

「ええと……大丈夫かい？」

まず声をかけた。すると、

『おなか……すいた』

先ほどまで聞こえていたのと同じ声がした。

この子が発していた声だったようだが、

……これが、もしかして動植物対話、ってスキルの効果なのか……。

今日得たばかりの職業の力に感謝しながら、俺は懐を探る。

……お腹が空いている子を見ると、凄く悲しくなるからな。

確か、祖父に昼食代わりに持たされたパンとミルクがある。

素朴な味付けのものだ。子犬に食べさせていいものかは分からないが、昔、家の番犬が喜んで食

べていたのを見た事がある。だから、

「これ、食べられるかい」

小さくちぎった上で、差し出した。

……ちょっと血がついてしまったが。

食べてくれるだろうか、と思っていると、

「……！」

一心不乱に、子犬はパンに食いついた。

むしゃむしゃとかみ砕き、飲み込んで、

『美味しい……！』


喜んでいるようだった。

「良かった。ミルクもあるぞ」

ミルクの入った瓶を差し出すと、それもぺろぺろと舐《な》め始《はじ》めた。飲みやすいように少し傾けて、飲ませてあげる。

そして、俺が持ってきた分を食いつくすと、子犬は落ち着いた息を吐き、

『ふう……ありがとう。生き返った心地』

「ウチで焼いてるパンは、街でも結構評判がいいからな。好評で何よりだ」

などと喋っていると、犬が目を白黒とさせた。

『今更だけど、私の言葉、通じるの?』

「ああ。俺のスキルらしい。《羊飼い》っていう職業のな」

俺としても犬とこうして喋れるのが、不思議な気分でもあるが。そう言うと、犬は笑った。

その表情から見るに、先程の弱り具合から、多少、元気が出たらしい。

……とはいえ、まだふるふると、体が震えているな。

寒いのかもしれない。少なくとも、ここで放置しておいていいような状態じゃないのだが、

「君、これからどこか行くところはあるのか?」

一応、聞いた。すると、犬は首を横に振った。

『どこにも。今の私に、居場所はないみたい』

犬は周囲を見て言った。この子なりに、捨てられたという、現状を理解しているのかもしれない。だから、という訳ではないのだが、

「……一緒に来るかい?」

聞いた。すると、犬は少しだけ窺《うかが》うような目になって、

『……良いの?』

「構わないさ。ウチの家族が断るなんてことはないし。万一断ったとしても説得するさ。だから、

気にせず来ると良いよ」

　空腹だった子を、こんなところに置いておくわけにはいかない。その為だったら、説得なんていくらでもしよう。

　そう伝えて、犬の前で手を広げた。すると、犬は、少しびっくりしたような顔で、

『血まみれ……。さっきのパンについていた血って……』

「ああ、ごめんな。ちょっと瓦礫をどけた時にやっちゃって」

　言うと、犬は首を横に振った。

『ううん。大丈夫。全部分かった。私、血肉をもって助けてくれた、貴方のところへ行く……！』

　胸に飛び込んできた。

　小さな体を、優しく支える。

　ぷるぷると未だ震えているが、その毛は、

　……ふかふかで、ふわふわだなあ。

　触り心地がいいなあ、なんて思っていると、

『あ、れでぃーなんだから、丁寧に触ってよ』

彼女がそう言ってきた。

「ああ。悪い悪い。というか、君は女の子だったんだな」

『気づかなかったの?!』

「今気づいた。まあ、ともあれよろしくな。俺はアルトっていうんだ」

若干むっとされたので、誤魔化すように自己紹介すると、彼女は俺の名前を噛《か》みしめる様に頷き、

『アルト……。なら、私も名乗る』

「え、ここに置きざりにされていたのに、名前があるのか？」

『うん。私は●●●シアス・ディアスシア。30の軍団を指揮する者よ』

「……？　立派な名前があるんだね。ちょっと前半が聞き取れなかったんだけれど」

動植物対話というスキルで、音としては聞こえるのだが、意味が取れない。そんな感じだ。

『人間の言葉の発音にないのかも。まあいいわ。シアって呼んで。そして、どうか末永く、よろしくね』

シアはそう言った後、こちらを見て、

『血の盟約の名のもとに、私は、ずっとあなたと一緒にいるからね』

「？　なんだかわからないけど、よろしくお願いするよ」

それが、俺と相棒――シアとの出会いだった。

†

アルトを連れて自宅に戻ったエディは、アルトを寝かしつけた後、己の娘から声をかけられていた。


「お父さん。アルト、ワンちゃんを拾ってきたのね。可愛い子だったけど」

「ああ。羊飼いになったばかりではあるが、動物の声を聞いて助けたそうだ」

「大変な職業になっても優しいままで、良かったわ」

「そうだな……しかし……」

「あれ、何か困りごと？」

「いや、少しな」

エディは、呟《つぶや》くように零す。

「あの子犬、伝説の魔獣の一体、マルコシアスに似てるな、と」

「マルコシアスって……お父さんたちが、戦争の時に、魔王の軍と戦っている姿を見たっていう？」

「うむ。人間の味方というわけでもなかったので、恐れられていた伝説の魔獣だ。とはいえ、マルコシアスは体長十メートルを超える超巨大な怪物だ」

あの子犬は、どう見ても、そんな大きさではないし、アルトに懐いてもいるようだったし、

「まあ、見守っておけば問題ないか」

エディは、そう思いながら、熟睡しているであろうアルトのいる部屋を見るのだった。

†

アルトの部屋。

その奥に置かれた棚に、彼のスキル書は収められていた。

そのスキル書には今、光と共に文字が新しく刻まれている。

『羊飼いとの契約を確認。牧羊犬としてマルコシアス・ディアスシアを契約します』

『これより、羊飼いのレベルに、契約者と契約者が所有する軍団のレベルの合算が加わります』

【《羊飼い》アルト・グローリー　レベル　２５０】

筋力　Ｂ
知力　Ｄ

魔力　　　Ｄ
体力　　　Ｄ
異常耐性力　Ｃ

習得スキル
・動植物対話ランク１
・魔法【〇】

第二章　秘密の魔法教室

「身体《からだ》が軽い……？」

朝、ベッドから起きた俺は、まずそう感じた。

寝起きが良い、とかそういうレベルの話ではなく、明らかに体の動きが軽やかになっているような気がしたのだ。

朝食も普段以上の量を食べれたし、それで体が重くなったりもしていない。

お付きのメイドに『昨日いっぱい動きましたからね』などと言われたが、だとしたら筋肉痛の一つでもあっていいはずだが、それもない。

何かが変わっていた。そう思っていると、部屋のドアがノックされた。

「アルト様。希望されていた職業関連の蔵書、お持ちしましたー」

手押し台車に積まれた沢山の本と共に、一人のメイドが入ってきた。

昔から、俺の世話をしてくれるメイドのフミリスだ。

「ありがとう、フミリス。日課の読書の時間ぴったりだよ」

「いえ。アルト様お付きのメイドとして当然ですとも！　さ、どうぞ」

分厚い一冊の本を受け取り、椅子に向かいながら開いた瞬間、

「……？」

頭と足がふらついた。

「っ⁉　大丈夫ですか？　本、重たかったですか？」

フミリスは慌てて近寄り、支えようとしてくる。

「いや、大丈夫。ちょっと本を読みながら歩いて躓《つまず》いただけだから、問題ないよ」

口ではそう言いつつも、自覚している症状は明らかに違った。

……なんだ？　文字酔い……じゃない。

奇妙なほど、頭に知識が吸い込まれていく。

本の読み味が明らかに違う。

一文読んだら、そのままそっくり頭の中に転写されるような。

頭の動きに体がついていけてない、そんな感じだ。

……ただ、慣れれば、本を読むには好都合か？

そう思いながら本に向かい合っていると、

「昨日、農場で手が血だらけになるまで鍬《くわ》を振るわれたあとですし。今日はそんなに頑張られなくても……」

隣で相変わらず心配そうな顔をしたフミリスがそんなことを言ってきた。

こちらを想って言ってくれるのは分かるが、俺としては、ここで休んでいる時間はない。

「いやいや。今の俺は鍬《くわ》一つ振るうだけでもやっとなんだから。知識をつけないとさ」

俺は椅子の隣に立てかけてある鍬を見た。

昨日持ち帰ってきてしまい、しまう場所がないので置いてあるものだ。

握ってみると、相変わらずの硬さを感じる。


「昨日なんか、この鍬を両手で持つのがやっとだった――」

そう言いながら軽く力を込めたら、

「え?」

片手でひょいと持ち上げられてしまった。

明らかに、軽く感じる。

「す、凄いじゃないですか、アルト様! 昨日はフラフラだったって、エディ様は仰っていたのに。もう、コツをつかんだのですね!」

「いや……コツでは、こうはならないというか」

昨日は、単純な筋力不足で振り上げ続ける事が出来なかったのだ。

それが今や、片手で、手首だけの動きで持ち上げられている。

あんなに重かったのに、軽々、持てるようになっているのだ。

「凄いです！　これは奥様にもお伝えしてこなければ！」

そう言ってフミリスは嬉《うれ》しそうに出て行ったのだが、俺としては、

「……一日で筋肉がつくはずもないし。これは一体……」

相変わらず片手で持てており、尚且つ鍬を振るう事が出来ているこの現象に疑問を抱いていた。

すると、

『ステータスが上がったからじゃない？』


ベッドの方からそんな声が聞こえた。

「シア？」

先ほどまで、ベッドで寝ていたシアだ。

くああ、とあくびをしながら、こちらに言ってくる。

『ステータスって、能力の良し悪しを表すのではなく、既存の肉体と精神にブーストをかけるものだからね。筋力や知力次第では、一気に変わるわよ』

「確かに『各職業ステータス解説』という本には、そう書かれていたっけ」

職業を得る準備として、ある程度の書物は読んで知識は得ていた。そして、知っている事はもう一つ。

「レベル1の羊飼いのステータスは、高くなかったはずだけど」

少なくとも姉や兄が、悲しい目をするくらいには高くない。それが常識だった。けれど、

『貴方《あなた》、もうレベル1じゃないんじゃない？』

シアはそんなことを言った。

「え……？　でも、俺は職業を得たばかりだよ？　平均的な羊飼いは一年に一回しかレベルは上がらないって書いてあったし」

『とりあえずスキル表、見てみたら？　本人と神官にしか読めないから、こっちじゃ確かめようないし』

「ああ、うん」

俺は促されるままに、棚にしまいっぱなしだったスキル表を手に取った。

レベルが年一回しか上がらないのだから、こまめにチェックすることもないとしまい込んでいたのだが、改めて見ると、

「……レベル1からレベル250になってるんだけど」

レベルが文字通り跳ね上がっていた。

そればかりか、ステータスも上がっている。

『でしょ？』

「1日で250倍の数字になっているのは、良かった、とかいう表現を通り越している気がするんだけど」

羊飼いのレベルは、一年に一回しか上がらない。

それが普通だ。

その普通を覆す何かがあったと考えるべきで、昨日、職業を得てから変わった事と言えば、スキル表に刻まれた文字で、

「この契約者って、君だよな、シア」

『牧羊犬として契約』『契約先のレベルを合算する』とある。何かと契約した覚えはないのだが、強いて言うのであれば、彼女だろう。

『え？　そうよ？　だって貴方、私に血を与えて、名乗り合ったじゃない。あれって立派な契約なのよ？』

「名前はそうだけど、血って……パンについたやつか」

確かに、与えた、ことにはなるのだろうか。

シアはおずおずとこちらを見上げて、

『後悔してる?』

俺は即座に首を横に振った。

「いや、それはない。お腹の空いた子を助けて、悔いるなんて事は絶対にありえない」


きっぱり言うと、シアは、ふふ、と笑った。

「良かった。そう言って貰《もら》えて。怖くないのね、私のこと」

「怖くはないけど、びっくりしてはいるかな。いきなりレベルが上がって、合算ってことは、君のレベルが、249ということだろう?」

そう言うと、シアは首を横に振った。

「違うわよ。私が抱えている軍団の総レベル数が250くらいなだけ。私自体はレベル1だと思うわ。多分」

……軍団……昨日もそんなことを言っていたけれど。

ちょっと何を言っているか分からないが、それを聞く前に、まず自分の状態を確かめる事から始めなければ。

　ステータスの次に気になったのは、スキルの欄で、

「この魔法の横の○っていうのはなんだろう？」

「魔法を覚えられる欄《スロット》じゃない？」

「羊飼いが魔法を覚えられるの？」

「え？　《羊飼い》なんでしょう？　だったら《呼ぶ》魔法は全て覚えられるじゃない」

「《呼ぶ》？」

「あー……人間的には『召喚魔法』っていうのかしら？　精霊でも、自然現象でも、悪魔でもいいんだけど。羊飼いは《呼ぶ》事に長《た》けているから、火でも、氷でも、呼んで起こせばいいのよ」

「聞いたことがなかったなあ。皆、魔法が覚えられるなんて話はしなかったし、本にも書いてなかったよ？」

「羊飼いのレベルを２５０まで鍛えた事のある人間がいなかったんじゃない？　それくらい鍛えれば余裕で覚えられるわよ」

「それは……あるかもね」

　一年に１レベル上がるのが普通らしいから。２５０年生きた人間というのはなかなかいないだろう。

「しかし呼ぶ魔法って、ウチの蔵書にあるかな？」

使えるにしても使い方を知らねば、と思っていると、

「魔法、教えてあげられるわよ」

シアの言葉に、俺は目を見開いた。

「え？　君、そんな事も出来るの？」

「まあね。こう見えても、秘密の多いれでぃだから」

「……うん。秘密が多すぎるから、あとあとゆっくり聞ければと思うんだけど、とりあえず、魔法を知りたいかな」

「分かったわ」

ぴょん、とシアはベッドから飛び降りて、俺の下に来た。

そして毛深い己の懐をもぞもぞとあさって、一個の指輪を取り出した。

「はい、これを付けて」

「これは？」

「魔法を使い易くするものよ。私は使わないから、あげる」

「ああ、ありがとう……」

言われるがままに、人差し指に付けると、俺の膝の上にシアは座った。

「んじゃ、私と同じ言葉を喋《しゃべ》ってね」

そう言って、シアは俺に耳打ちする。その言葉を、俺は改めて言う。

「【来たれ：水の精の軍勢】」

瞬間、指輪が輝き、俺の周囲に魔法陣が生まれた。そして――

――ポン

と軽い音と共に、青いスライムが十数体出現した。

「こ、これが魔法？」

「召喚の魔法ね。初めてにしては結構な量を出せたんじゃない？　凄いじゃない！」

「あ、ああ。本当に凄いな。初めて使ったから、驚いてばかりだけど……」

こんなことが出来るようになるなんて。正直感動である。

などと思っていると、

「ぷる……」

スライムたちは、こちらをじっと見たり、ゆっくり近づいてきたり、俺の膝の上で寝ようとしたり、犬や猫っぽい動きでまとわりついてきていた。

「ええと……この子たちは何が出来るんだ？」

もちもちしており、ひんやりしていて気持ちがいいのは分かった。ただ、呼び出しただけでは、何が何なのかさっぱりである。だから聞くと、

「水まきとか、草抜きとか？　それ位は出来ると思うわよ」

シアに言われ、スライムたちを見ると、肯定するように頷《うなず》き——というか縦揺れした。

こちらの言葉を理解する知性もあるようだ。

「開拓や開墾には人手が必要だから、有難いな」

「でしょ？　因みにレベル20くらいのスライムたちだから。多少の魔物相手なら、守ってくれるわよ」

「レベル20って、昨日の俺より強いんだけど」

というか、駆け出しの戦闘職の人よりも強い。

「レベルだけじゃ判断できないけどね。でも、強い方がいいでしょ？」

「まあ、そうだね。元魔王城だけあって、モンスターも強いのがいっぱい居るから……」

「そうなの？」

「運が悪いと小型の竜や飛竜《ワイバーン》とか出るし。そういうのは警護隊じゃ歯が立たないから、爺《じい》ちゃん

や兄さん姉さんがいないと無理な位なんだ」

「ふーん、ドラゴンねえ」

「だから、こういうスライムでも気になる人はいるだろうし。領地で農作業する時、一緒に作業する人がいたら敵じゃないからって言っておかないとなあ」

などと言っていると、

「失礼します、アルト様！　奥様、すっごい喜んで――って、ひゃあああああ⁉」

嬉しそうに入ってきたフミリスが、驚きで腰を抜かす羽目になった。

「なんですか！　このスライムたちは⁉　私より強そうなんですけど！　というか、アルト様、ご無事ですか⁉」

「ああ、うん。俺は大丈夫だし、このスライムたちも味方だから……」

「ええ⁉」

とりあえず説明があまりにも難しかったので、元魔王城で、羊飼いの能力で仲間にしたモンスターであると伝えたけれども。

「レベルが上がって、やれることも増えたけど。元魔王城の開拓のために、まずは、やれる事の範囲を学ばないとな」

体を鍛えて、魔法を覚えて、それと同時に、シアの事情も聴いたり、魔王城跡地を開拓したり、やる事は盛りだくさんだ。

†

その日、日課の読書を終えた俺は、シアと共に魔王城跡地にいた。

勿論《もちろん》、開拓のためだ。

少しずつでも進めねばと思っていたのだが、

「あれほど硬かった荒れ地が、ゼリーみたいに耕せるよ」

鍬の進みが初日とは段違いだった。

「ステータスでここまで変わるんだな」

たった一日でも分かるくらい、体付きも変わったし、体力も増えた。

補正の大きさを感じる。

さらに言えば、

「ぷ」

「あーそこね。その辺りの草は抜いちゃっていいらしいわ」

スライムたちやシアにも手伝ってもらっていた。

俺がスライムたちを召喚し、簡単にやってほしい事を伝え、細かな場所はシアが指揮するという形だ。

スライムたちは転がりながら草の上にのしかかる。そして数秒もすれば、草は彼らに取り込まれる形で抜かれるという寸法だ。

「いやあ、助かるな」

単純に人手――というかスライム手が増えたおかげもあって、開拓の速度が上がっている。

おかげで、畝《うね》が作れたし、種芋や野菜の苗を植えられた。これは立派な畑だろう。と、汗を拭きながら思っていると、

「アルトー。こっちに蛇型モンスターがいたから、狩っておいたわよ」

と、シアが、2メートルくらいありそうな体躯《たいく》の蛇を仕留めて、持ってきていた。

この魔王城跡地では、モンスターが少なからず出現する。

農家の領民の話では、そういう物が出てきたら、退避するか、警護隊に連絡するか、が基本らしいのだが、

「シアがいると、倒せちゃうから、助かるなあ」

「何言ってるのよ。コイツ、レベル10くらいだから、貴方でも倒せるわよ。というか、今のあなた

なら、ドラゴンだって倒せると思うけど。今度やってみれば？」

と、シアは蛇をつつきながら言ってくる。

「うーん。蛇とドラゴンだと差があると思うけれどね。君に頼りっぱなしって言うのもアレだし、機会があったらやってみようか。……とはいえ、君は本当に、普通の犬ではないいんだね」

そう言うと、シアは自慢げに言ってくる。

「そうよ。私、本当は恐ろしいくらい、凄いまじゅーなんだから！　伝説の、とか言われたこともあるんだから」

「ああ、うん。伝説かは分からないんだけど……」

シアには昨日、色々と話を聞いた。

なんでも魔王が存命のころから生きていたらしい。

「昔はね、もっともっと大きかったけど、凄い戦いがあって死にかけちゃって。強引に転生したの！　でも、魔王城が滅びちゃったでしょ？　だから50年くらい、あそこで放置されてたのよ！ひどい話じゃない⁉」

転生した影響で、大分言葉遣いも幼くなっているらしく、上手く説明もできないらしいのだが、そういうことらしかった。

転生云々《うんぬん》については、前世の記憶がある俺としては信じられることではある。

……マルコシアスっていう名前の魔獣がいたらしいのは、爺ちゃんから聞いているしな……。

とはいえ、ざっと50年以上昔の話。

俺にとっては、もはや言い伝えや伝記の世界である。

今も撫《な》でろって顔で近づいてきたので、撫でているが、手触りは柔らかく、とても恐ろしい伝説の魔獣とは思えない。

「うふふふ、一仕事した後に撫でられるのは、心地いいわあ」

めちゃくちゃに尻尾を振っている。本当に魔獣とは思えない。

……その豊富な知識と魔法に教わる所はいっぱいあるから。あくまで見た目だけは、なんだけどさ。

などと思っていると、だ。

ピク、とシアが反応した。

「アルト。空から来るわよ」

「来るって何が――」

その視線の先を俺も目で追う。すると、そこには、

「――」

竜がいた。

翼を大きく広げ、滑空している。

「ドラゴン⁉」

声を上げて間もなく、

――ズズン！

と、ドラゴンは着陸した。

俺やシア、スライムたちが必死で作った畑の上に、だ。

ドラゴンは、その畑を踏みつぶしながら、俺たちを見ていた。

そして、声が聞こえた。ドラゴンの声だ。

『なんだ。奇妙な魔力の香りがすると思えば、矮小《わいしょう》な人間と、犬か』

地響きにも似た、重々しい声を俺たちに向けてくる。

『これでは成長の足しにもならんではないか。こんな足場の悪い場所に着地させておきながら、期待外れな』

動植物対話ランク1の効果か、しっかり聞こえた。

『足元に絡みついているのは植物か？　全く邪魔な。どうして人間はこんな邪魔なものを植えるのだ。踏み潰せば少しは楽しいが』

スキルの効果を凄いな、と思いながら、俺は目の前で、せっかく植えた種芋や苗が踏み荒らされているのを見ていた。

普段だったら、ドラゴンを見た瞬間、逃げていただろう。けれど、今は、少しばかり、否、結構な怒りが身の内に渦巻いていた。

冷静じゃない。

姉や兄でも苦戦するドラゴンなのに、と思いながらも、俺はシアに聞く。

「ねえ、シア。さっき、俺がドラゴンに勝てるって言ったけど、本当かい？」

「ええ。昨日教えた魔法、あるでしょ？　アレを使えば、いけるわよ」

「そう。じゃあ、今ここで、やるね」

俺たちの努力の結晶である畑を壊すのは勿論、食べ物を粗末にする奴は許しがたかった。

腹が減って、自分たちや作物を餌と思って飛び込んできたのだったらまだしも。そんな理由でもなく、ただ遊びで粗末にされている。

……これは、譲りたくない一線だ。

だから、俺は、怯《おび》えよりも先に来た怒りを糧に、魔法を使う。

「【来たれ：雨と東風《とうふう》の軍団長：エウロス】！」

瞬間、俺の周囲に嵐が沸き起こった。

『何をしている……。この竜巻も一体……翼もないのにどこにそんな力が……！』

ドラゴンは驚き、僅かにたじろいだ。

——ズオオッ
そして、風が音を立てる中、俺の目の前の空中に現れたのは、半透明の豊満な女性の形をした存在だ。

「エウロス、参上したわ」

エウロスと名乗った彼女は、こちらを——正確にはシアを見て、ふっ、と笑う。

「……ご主人様。ちっちゃくなったわね」

「しょーがないじゃない。あの魔法の効果なんだから」

「はいはい。それでアタシを呼んだのは、ご主人様のご主人様——貴方ね」

「ああ。アイツをどうにかしたくて。まず、この畑から追い出したいんだ」

俺の視線の先にはドラゴンがいる。奴は、いきなりの召喚に、目を点とさせていた。

『……風……？　いや、精霊か⁈』

エウロスはそんなドラゴンを見て、ふふ、と笑い、

「そ。呼ばれたからには仕事をさせてもらうわ」

と言って、俺の背後に回った。そして、俺に絡みつく。

風が、体にまとわりついたようだ。

「アタシ憑依《ひょうい》型だから、ちょっと疲れると思うけど、頑張ってね」

「わかった」

俺はエウロスに動かされるように、右腕を大きく引いた。

それに連動するようにして、竜巻が動く。

拳の先に、竜巻が圧縮されたのだ。

『嵐を手にしただと？　貴様、それは一体——！』

答える義理はない。

「東の風は暖かだけど鋭いの。——その嵐で叩《たた》き潰《つぶ》れなさい」

俺は、エウロスに促されるように拳を振るった。

「テンペスト・ハンマー……！」

瞬間、俺の拳の先から、圧縮された竜巻が打ち出された。

勢いは鋭く。

ドラゴンの腹に減《め》り込《こ》み、

『ぬ、おおお……!?』

一瞬たりとも拮抗《きっこう》することなく、ドラゴンをくの字にへし折り。

そしてあっという間に、魔王城跡地の向こう側まで、吹っ飛ばしたのだ。

それを見届けて、エウロスは俺の背中からはがれた。

「お仕事終了。ご主人様の昔の身体の方が、アタシの身体と近しいから、動きやすかったけど。貴方もまあまあだったわよ。それじゃあねー」

と、軽い口調と共に、エウロスは消えていった。

それを見て、シアは満足げな顔だ。

「ほら、勝てたでしょ」

「う、うん。どうにかかね。めちゃくちゃ疲れたけど……」

正直、体が今までにないくらい重い。

ドラゴンをふっ飛ばしたことに対する興奮よりも、疲れの方が上回るレベルだ。

足元がふらふらしている。思わず倒れると、先ほどまで避難していたらしいスライムが、クッションになってくれた。

「あ、ありがとう。まさか立ってられないほどとは」

「魔力疲労ね」

その理由をシアが教えてくれる。

「召喚するのも、維持するのも、結局は貴方の魔力依存だからね。一気に使ったものだから、疲労が来ているみたいよ。こればかりは、まだまだ鍛錬がいるわね」

「なるほどなあ。畑仕事の為の肉体トレーニング以外にも、やらなきゃいけない事は、いっぱいみたいだね」

「別に、魔法を多用しないのであれば、やらなくてもいいのよ？」

「ううん。折角覚えたものだから、使えないと勿体《もったい》ないし。そこは頑張るよ」

「応援してるわー」

シアがそんな風に軽く言ってくるけれど、俺としてはさっき気になったエウロスのセリフがあって、

「ふう……。でも、シアの昔の身体って……？　大きな魔獣だったころの話？　似ているって言ってたけど、そんなに人間っぽかったの？」

シアに聞くと彼女は、うーん、と首を傾げ、

「人間に変化《へんげ》することが出来たの。今も出来るけど……」

「え？　本当？　結構、見たいんだけど」

「えー」

嫌そうな顔をされたが、少し悩んだ後、

「しょうがないわねえ。――変化」

――ポン

と軽い音と煙が彼女を包んだ。

すると次の瞬間には、15歳くらいの、犬耳と尻尾を生やした女の子が、そこにいた。

「ど、どう？」

「おお！　すごい、可愛いと思うよ！」

疲れているのもあって、率直な感想しか述べられなかったが、

「そ、そう?!　嬉しいわ！」

シアは顔を赤らめ、耳をピコピコ、尻尾をブンブン振っている。

「時が経てばエウロスくらいに成長すると思うから期待していてよね！」

「……？　何の期待か分からないけど、分かったよ」

そんな会話をしながら、数時間ほど休んだ後、シアに肩を借りながら、俺は屋敷に戻るのだった。

†

グローリー家の執務室では、エディが難しい顔をして領民からの報告書を見ていた。

その部屋には、アルトの兄であるジン、姉であるティアラ、もいた。

熟練の剣士、魔術師である彼と彼女は、現在領地の警護隊に力を貸しているのだが、

「ドラゴンの亡骸が魔王城の跡地にあったと報告があった」

彼らに向かってまず、エディはそう告げた。

「竜は、うろこは勿論、肉や魔石まで上質な素材になる。売り物にもなるし、領民は大助かりのようだが……倒したのは君たちか？」

聞くと、両名は首を横に振った。

「いや、俺は何もしてないぞ」

「私もよ。ずっと研究室にいたし」

「……むう。では、誰が倒したのだ……？　既に警護隊の報告によれば、腹を起点にねじれたような状態で転がっていたというが……」

「じい様、その竜はどのくらいの大きさなんです？」

「10メートル級だ」

「成体ではないですか。しかも、その大きさだと、警護隊では歯が立たぬし。竜種が持つ魔法防壁

があるから、レベル80以上の英雄クラスの戦闘職や、名うての冒険者でなければ、攻撃を通すことも能《あた》わぬ筈《はず》ですよ……」

「うむ。だから悩んでおる。通りすがりの大魔術師か、勇士が倒してくれたのかもしれんが……」

エディは、うーむ、と悩み込む。それを目にして、ジンは頷く。

「どちらにせよ、今回は幸運でしたが。愛する弟、アルトが頑張って農地開拓をしているのです。安全のためにも、調査は続けましょう」

「そうね。アルトに何かがあったら困るもの！」

「うむ！　……しかし、一体だれが、ドラゴン殺しを成し遂げたのやら」

†

深夜。

魔王城跡地に、六体の竜が集まっていた。

みな、10メートル以上の体躯を持った、成体の飛竜だ。

「我が同類が倒れたのはこの辺りか」

一番先頭を飛ぶ竜がそう言った。

「然り、長《オサ》。あ奴は若輩で、迂闊《うかつ》な者ゆえ、いつかは倒されるだろうと思っていたが、まさかこんなところで、とはな」

「だが、有難い事だ。竜を倒した者を倒せば、我らはもっと強くなれる。その撒き餌《まえ》になってくれたのだから」

そんなことを竜たちは、低空でホバリングしながら喋っていた。

その時だ。


「相変わらず、竜は個人主義というか、仲間に厳しいわねえ」


地面の方から声がした。

それは瓦礫《がれき》の上に座る者によるもの。

「なんか集団の気配を感じたと思ってきたら、なんなのよ、あんたたち。早くアルトの所に帰って寝たいんだけど」

赤い毛並みの犬が、竜に向かってしゃべっていたのだ。

「なんだ貴様は？　竜の言葉を扱えるようだが、何者だ」

「見て分からないの？　歳を取った奴はいないのかしら」

言われ、先頭の竜の長は、はっとしたような目を犬に向けた。

「まて……この魔力の匂い、もしや、貴様、マルコシアスか」

「あら、そうよ。よくわかったわね」

「転生体がどこかにいるとは聞いていたが。まさか、魔王城にいたとはな」

「元、魔王城よ。アンタたち、ここが今は、私とアルトの縄張りだってわかってる？」

竜たちは顔を見合わせ、首をかしげる。

「ナワバリに入った、という意味を分かってないみたいね。あるいは、私を甘く見ているのか」

マルコシアスの声に、竜たちはせせら笑う。

長の背後にいた一体が声を上げる。

「我らは竜ぞ？　犬如き、甘く見て当然だろう」

「アンタたちは、見たところ、レベル80くらいの集団かしら。だとしたら、その自信のありそうな態度は分かるけどね」

マルコシアスは溜息《ためいき》を吐いた。

竜たちは相変わらず笑みを浮かべている。

が、竜の長だけは、ホバリングの高度を一段上げた。

「分かった。我は引こう」

「長？」

「挑みたいものは挑むといい。我とて強くなりたいが、ここで挑むには早計だと、忠告をしよう」

そう言って、竜の長は帰っていった。

それを見て、他の竜は落胆している。

「我らが長にもかかわらず、なんと情けない……」

「見たところ、転生体といっても、レベルは低いようだが」

「そうね。ご名答よ」

「では、我らの相手ではないだろう」

「伝説の魔獣を倒せば、我らはもっと強くなれる。糧となって貰うのも悪くない」

そう言って、一体の竜が地に突っ込んだ。

降りる勢いと共に、その大きな翼とかぎづめをもって、瓦礫の上に立つマルコシアスを打った。

ただの犬であれば、翼の重みでつぶれるし、竜の爪は鉄をも引き裂く。

故に、目の前のマルコシアスを名乗る犬は、死ぬはずだった。

その威力を示すように魔王城の瓦礫は、粉々に、吹っ飛んだ。が、

「若い竜は蛮勇で、命知らずで、挑みたがり、か。飛竜種は変わらないわねえ」

マルコシアスは、動きもせず、竜の翼を受け止めていた。

爪すら、マルコシアスの皮膚に食い込むことはなかった。

「う、動かん……!?」

「50年よ」

マルコシアスの台詞に竜は、戸惑いを浮かべた。

「何……？」

「50年！　誰にも見つけられず、飢え続けた事はあるかしら？」

「何を言って……」

「魔力切れにより軍団も呼べず、ただ、転生の魔法の効果で死なないだけの、飢餓感だけが募り続ける毎日。――そこから救って貰えた嬉しさ、分かる？」

マルコシアスがゆっくりと喋る。

そこで竜は、気付いた。

マルコシアスの身体が、どんどんと大きくなっていくのに。

そしてこの小さな体躯が、膨大な魔力と肉体の凝縮によって出来上がっていることに。

「――⁉」

恐怖から、マルコシアスを翼で押さえつけようとする。が、

「私は、食事と血をもって助けてくれた彼を契約主としている。故に、彼が血と汗を流し、作り上げた場所に土足で踏み入り、荒らそうとする輩は容赦しない」

雰囲気が変わった。

月明かりで照らされるシアの姿が、影がどんどん大きくなっていく。

子犬の姿は、徐々に徐々に増大し。十メートルをはるかに超えて、竜の体高すら超えるほどに。

鋭い牙、鋭い爪、竜の鱗《うろこ》すら圧倒する、硬い毛並みを持った獣の姿。

竜の翼は、今やマルコシアスの身体で、持ち上げられていた。

竜は気付いた。

自分が翼で押さえつけていたというのは幻想で。事実は、マルコシアスの肉体、筋肉の隆起によって、翼が離れなくなっていたのだと。

「私はマルコシアス。アルトが開拓した土地を守る者。無許可で立ち入ったらどうなるか――見せてやろう」

そして――蹂躙《じゅうりん》の嵐が巻き起こる。

†

月明かりの中、マルコシアスは小さな犬の身体に戻っていた。

「あーあ。貯めてたエネルギー使い切っちゃった。あの姿は10分が限界かしら」

手足をぷるぷるさせて、付いた水滴を払う。

「汗もかいちゃったわ。でも、全部片付いたし、良いかしら。アルトが寝る前に夜食を用意してくれたし、食べに帰ろっと」

既に滅びた魔王城跡地。

今、そこに広がる光景は、瓦礫となった魔王城と、それ以上に無惨な姿になって倒れる竜たちであった。

†

朝、起きて朝食を食べ、日課の筋力トレーニングを行っていると、メイドのフミリスが飛び込んできた。

「た、大変です、アルト様！」

「どうしたんだい、フミリス。そんなに慌てて」

「魔王城跡地に沢山の竜の亡骸があったんです！」

「え？」

「エディ様たちが確認したところ、どれも、素材としては一級品らしく！　これだけあれば、領地の道路整備や、公共事業を手厚く出来るって言ってましたよ！」

　興奮しながらフミリスは報告してくる。

「この前のドラゴン殺しといい、もしかしたらすごい冒険者が、グローリー家の領地に来てるのかもしれませんね！　スカウトしたいところだ、とジン様も仰ってました。それと、開拓は、竜の亡《なき》骸《がら》を片付けるから待ってて、という事です。竜の血が付いている土を使うと、作物が沢山育つそうですよ」

「ああ、色々とありがとう。それまではトレーニングしたり、本を読んで過ごすよ」

「了解です！　それでは私も、エディ様たちのお手伝いに行ってきますね！」

　そう言ってフミリスは出て行った。

　それを見送ってから、俺はベッドに戻り、そこで未だまどろみの中にいるシアに話しかける。

「シアー。起きてるかい？」

「ちょっと寝てるわ。撫でてくれたら、喋る位には起きるわ」

　じゃあ撫でよう。

　撫でながら聞こう。

「寝ながらでいいから聞きたいんだけど、昨日何かやったね？」

「ええ、ナニカやったわ」

　どうやら予想はあたったらしい。

スキル表を見たらレベルが一気に40くらい上がっていたから。何かを誰かが倒した、のは分かっていたが、ドラゴンをやっていたとは。

「あとで教えてね。把握しておいた方が、いっぱい褒められるし」

「そうね！　いっぱい褒められたいわ！」

まだまだ俺は、シアのことを知ってないみたいで。色々な話を聞いていこうとそう思った。

一応この後、畑を１００メートルほど耕せた。一部、竜の血が混じっている畑になってしまったが、もとより魔王城跡地だし。世話をするのも、ちょっと怖いが、楽しそうだ。

第三章　魔王城跡地の開拓仲間を増やす

俺とシアは、その日、魔王城跡地に作った畑にいた。

畑を作り上げて一ヵ月。地道に開拓を続けた結果、範囲は１ヘクタールを超えていた。見渡す限りが耕されている。

そして、畑に植えたのは、領地の農家から渡された普通の芋や人参、キャベツだったのだが、

「見て見て、もう作物が大きくなってるわよ！　既に美味しそうよ！」

「成長、凄く早いなあ！」

もう、収穫が出来るくらいの育ち方をしていた。

そもそも植えた次の日に芽が出て、数日後には青々とした茎が出た。そのあとすぐに開花したくらいだ。

農家の話では、普通の農地で３ヵ月はかかるし、魔力が豊富な地でも２ヵ月は必要だ、との話だったが。

「これも魔王城跡地だからかなあ」

「竜の血が混ぜ込まれた分もあるかもね」

「なんにせよ、嬉《うれ》しい事だよ。初めての収穫だし、ワクワクするなあ！　採りたての作物って美味

しそうだし！」

芋ほり用のフォークは持ってきている。手作業でどこまで出来るかは分からないが、出来る範囲で取ろう。

実家で使うのは勿論《もちろん》、伝手《つて》で領地の商人に渡すことも出来るし、収穫しすぎて困ることはない。

というか、ここ全てを収穫しても余る事はない。

……今年は獣害が酷くて、作物の収穫量も微妙らしいし……。

そこを手助けできるならば、尚更良い。

「それに、応援も来てくれるらしいしね」

朝、畑の作物が収穫できそうなことを報告すると、

『なに⁉　もう実ったのか⁉』

『我が弟は、羊飼いでありながら農作業の才能が猛烈にあったか！　素晴らしい！　手伝うぞ！あの畑の広さなら、一人だと何週間も掛かるだろうしな！』

とのことらしく、数時間後には祖父たちも来てくれるとのことだ。

有難い話だ、と思っていると、

「ぷ」

スライムが足元をつっついてきた。

それを見てシアが言う。

「草むしりが終わったから何をすればいいかだってさ」

「あー……スライムたちは……どうしようか。収穫の手伝いは難しいだろう？」

聞くと、俺の足元にいる数十匹のスライムたちからは、

「ぷ……（消化していいならやる）」

とのお返事が来た。今まで通り草抜きをお願いするだけの方が良さそうだ。

まあ、予測はしていたけれど、と思っていると、

「というか、スライムの数も増えたわね」

シアがそんなことを言ってきた。

「あ、確かに。最初は十体くらいだったね。あんまり意識していなかったけど」

スライムも最初の数よりも多く召喚できている。

魔力が上がっているからだ。

というかレベルも上がっている。俺は懐に折りたたんで持っていたスキル表を出して、見る。

当初は一年に1レベルしか上がらないとの事だったから棚にしまい込んでいたのだが、最近は、いつどこで、レベルが上がるか分からないので、定期的に持ってきて見るようにしているのだ。

記録を取ることにどこまで意味があるかは分からないが、チェックをしておいて損はないし。

この前、俺がドラゴンを倒したせいか、シアがドラゴン軍団を倒したせいか、レベルが40上がって２９０になっていたのだが。

ここ最近確かめてみたら、また20上がって３１０になっていたのだ。

あまりの上がり方に、先日、農作業中に、シアに何かしてるのか尋ねたところ、

「私は何もしてないけど、スライムが草むしりしてるじゃない」

「草むしりで、レベルって上がるのかい？」

「そりゃまあ、魔王城の草って、半分くらいモンスターだからね、これ」

「え？」

「気付いてなかったの？　たまに抜きにくい草とかなかった？」

「確かに……言われてみれば」

シアはその場で、草を引っこ抜いて見せてくれた。雑草にしては素晴らしく太い根を持つ、魔王城跡地でよく見るし、よく抜く草なのだが、

「ほら、よく見て。微妙に動いてるでしょ」

「うわ、本当だ！」

「この草型モンスター、しぶとさと繁殖力が厄介でね。一日経《た》てば、復活しちゃうのよ。勿論、一匹一匹は弱いし大した経験値にはならないだろうけどね。ただ、毎日毎日、見渡す限りの広大な地の草抜きをずっとやってたら、そうなるわよ」

とのことだった。

「まさか、草むしりしてるだけのスライムがレベルアップして、それが俺にも反映されるとはね」

「スライムたちのレベルが低い間は、上がりやすいからね。召喚数が増えれば増えるほど、草むしり面積も大きくなるし」

という訳で、草モンスターむしりレベリングにより、俺はレベル310になっていた。

……普通の羊飼い310年分のレベル、と考えると凄まじいものがあるよなあ。

また、レベルが上がったことで、ステータスは筋力がA、体力がCまで上昇した。

そこまで変わってないけれど、シア曰《いわ》く、あれはただの補正や成長のしやすさを示すだけのものだということで。

実際、筋肉はついて体力も増えたし、魔力も増えているらしい。

「召喚するのも、この場に維持し続けるのも、魔力の消費はアルトが担当してるからね。大分増えたわよ」

「あまり自覚はなかったけど、うん。確かに一日中スライムを呼んでも疲れなくなったね」

スライムが暇している間が勿体《もったい》ないので、ここの近隣の農家に、草むしり用スライムを貸したりすることも出来ていた。

『アルト様のスライムが手伝ってくれたおかげで、こちらも大分楽が出来てますさあ』

『そうね。腰を痛めて草刈りが出来ない時は本当に助かったわ。私たちがやるよりもきれいに仕上げてくれたし』


と、農家たちと交流した際、感想も聞いた。

領民とスライムの仲も良好になった。

いい事尽くめだ。と、考えていたら、

「そのくらいの魔力があれば、召喚魔法、安定して同時にもう一つ使えるでしょうね」

「え？　いけるの、それって？」

「魔力の容量次第ではいけるわよ。同時召喚。というかこの前、竜を倒した時もやってたじゃない」

「あー……スライムと一緒にエウロスを出してたっけ」

「そうそう。だから、同時召喚は出来るってことでね。というか、エウロスも呼んだら。きっと暇よアイツ」

「凄いカジュアルに召喚しようとしてるけど。かなり強いんじゃなかったっけ、彼女」

竜を吹っ飛ばすくらいの存在を芋の収穫に使っていいものか。

「気軽に使うくらいがちょうどいいのよ。慣れておかないといざって時に使えないしね」

「それも、そうだね」

呼び慣れておくのは大事なのは確かだ、と俺は召喚する。

「【来たれ：雨と東風の軍団長：エウロス】」

指輪が光を放ち、そして嵐をまとった女性が俺の目の前に召喚された。

「はあーい。呼ばれたから来たけど、……敵がいるって訳じゃ無さそうね」

「ああ。来てくれてありがとう。今回は何かを倒すんじゃなくて、作物の収穫を手伝ってもらいたくて呼んだんだ」

そう言うと、エウロスは、一瞬あっけに取られ、

「あはは、収穫祭で作物を捧《ささ》げられたことはあるけど、自分が収穫するのは初めてだわ。というかアタシをそういう風な使い方をする主も初めてだけど！」

おかしそうに笑った。

「ああ、申し訳なかったかな。こういう用件で呼ぶのは」

「いや、愉快で良いわ。いつも血なまぐさい場所に呼びつけられるのもなんだし。農作業だって嫌いじゃないしね。必要であれば雨だって降らしてあげるわよ」

「それは、ありがたいから今度頼むとして、それじゃあ、とりあえず、地中の芋を掘り起こすか

ら、その助力をお願いするよ」

「分かったわ。貴方《あなた》の身体に憑依《ひょうい》するから、適度に風を使って補助してあげる」

そう言って、エウロスは俺の背中に風に変化《へんげ》して絡みついた。

それだけで、大分身体は軽くなった。１ヘクタールも一日かければ一人で掘り返せそうな気すらしてくるのだが、

「さ、もう一体いけそうだから、いっちゃいましょ」


シアは気軽にそう言った。

「え？　三体同時に？　大丈夫？」

「今のエウロスの使い方を見てたらいけるわよ。いけなくて倒れたら私が担いで屋敷まで帰るわ」

大分スパルタだ。でも、有難いことでもある。

「まあ、今までも何度か運んでもらったから。家族は驚かないか」

体力を使い果たして、運んでもらった経験はこれまでもあったし。今回も収穫で頑張り過ぎたという事にすれば問題ないだろう。

……ええと、シアと話して次に呼ぶと決めているのは……。

毎晩の勉強会で呪文だけは聞いている。

それを思い出しながら、俺は魔法を行使する。

「【来たれ：土の精の軍団長：アラクネ・アディプス】」

いつものように指輪が光り、そして出てきたのは、

「ふわあ、久しぶりに呼ばれましたね」

俺の身長よりも少し小さな、眠たげな眼《め》をした女の子だ。ただし、その下半身は、蜘蛛《くも》のものだったが。

「相変わらず眠そうね、アディプス」

「昼は得意じゃないです。それで、ええと……今は、主はシアじゃなくて、こちらですね。アルト、で宜しいですか」

「うん。よろしく、アディプスさん」

「アディプスでいいです。で、ご用件は？」

「芋の収穫を手伝ってほしいんだけど……」

俺は背後を指し示しながら言った。

「ああ。なるほど。この土地で、地蜘蛛としての活動の方をお望みでしたか。であれば、もっと蜘蛛寄りになりましょう」

そう言って、アディプスは、自分で指をぱちりと鳴らした。すると、少女のようだった上半身が変化し、それこそ蜘蛛そのもの姿になった。

『こっちの方が地中で顔に土が入らなくていいのです。お化粧が崩れるのです』

人間の言葉は話せてないが、動植物対話スキルのお陰で問題なく会話は出来る。

「化粧してきてるんだ……」

『召喚魔獣として当然の嗜《たしな》みなのです。というか貴方は、普通にこの状態でも意思疎通できるのですね。最初から蜘蛛の姿の方がよかったかもですね』

「いや、でも、可愛い姿を見れたら、俺としてはやる気が出るのでうれしいよ？　蜘蛛の姿も格好いいとは思うけど」

言うと、僅かに間があって、プイッと顔を向けた。

怒らせたか、と思ったが、

『……褒められると悪い気はしませんね』

「照れているだけっぽいわよー」

シアがそんなことを言っている間に、アディプスは畑の方に向き直った。

『ともあれ、仕事はしっかり果たすのです』

「ありがとう。俺とシアは、手前の方で出来る限り作物を収穫していくから」

『では、向こう側から私はやるのです』

アディプスは、そのままズボっと地中に潜り、向こう側まで突き進んでいった。

地蜘蛛だと言っていたが、地中を行くのは得意なようだ。

そして地上に上がって、潜ってを繰り返している。

見れば、その移動の最中に蜘蛛の糸で網を作り、作物を絡めとっている。そして纏《まと》めた形で、芋を一ヵ所に集めてくれていた。

「器用だなあ、彼女」

「でしょ。のんびり屋でもあるけど、仕事人でもあるのよ」

「それは有難いな。ただ、任せっぱなしっていうのもなんだし。俺達も出来る範囲で収穫しようか」

†

そして、数時間後。

祖父や兄たちが到着したころ、

「こ、これはいったい、どういうことだ！」

「アルト、今日は収穫の日だと聞いていたが、まさか、もうすべてやり切ったのか⁉」

「ど、どうにかね……」

俺の身長を優に超える山のように積まれた作物の横で俺は頷《うなず》く。

体力はギリギリになって、スライムやエウロス、アディプスは帰ってしまったが、今回実った分を、収穫しきる事に成功したのだ。

†

その日、帰宅した俺とシアは、兄や祖父や母、この前まで王都に出張していた姉と食卓を囲んでいた。

「いやはや、アルト。開拓は進んでいるようで何よりだな。正直、畑全ての収穫を一人で終えたのは驚いたぞ」

「いや、俺だけの力じゃなくて。シアやスライムたち、仲間の手があったからだよ」

事実、俺だけではどうにもならなかっただろう。そう思って言うが、

「その仲間も、羊飼いのスキルで、君自身が努力した結果だとも。アルト、そこは誇りに思って良いんだよ」

兄はそんなことを言って褒めてくれた。

食卓に並ぶ美味しいご飯を食べながら、しかも褒めて貰《もら》える。

とても嬉しいなあ、と思っていると、

「アルトも頑張ってるし、私も教授の仕事、もっと頑張ろうかしらね」

そんな事を姉が微笑みをもって言った。

姉は最近、王都に出張して仕事をしているらしく、大変だと話は聞いていたのだが、

「ティアラ姉さんがやってるの、王都の魔法の教授だっけ？」

「そうね。パーティーの仲間に頼まれたからちょっとだけやってるの。この前は、召喚術を教えてきたんだけど、大変だったのよ？」

その言葉に、兄が反応する。

「優秀な学生のクラスを担当していると聞いたが」

「勿論《もちろん》、職業的には優秀だと思うわ。得た職業は《魔術師》とか《魔導研究者》とか、そういう子たちばかりだから。でも、自分の職と能力にプライドがあり過ぎるのか、頑張り過ぎちゃってね。

……というか、アルト、召喚魔法って知ってる？」

「あ、うん。本でも読んだことはあるかな」

基本的な事だけしか書いてなかったので。あとはシアに言われるがまま覚えているというか。ほぼシアが先生になって教えてくれている知識しか持ってないけれど。

そう思っていると姉が追加で解説してくれた。

「召喚術ってね、一回召喚したら、召喚した子を元の場所に戻さないと、魔力の負担が倍増するし、コントロールも難しくなるから、次の召喚を使えないの」

「え？　そうなの？」

「ええ。でも、召喚魔法って難易度も高いし、魔力消費も大きいから、そもそも一回目の召喚も上手くいかないし。上手くいっても、返し忘れて二回目の召喚をしようとした子や、無理する子もいてさ。その子たち、魔力を使い過ぎてぶっ倒れちゃったのよ」

姉は、吐息する。

「それを機にこっちの言う事や注意点を守るようにはなったけれど。大人数を見るのは難しいなって思ったわけなの。まあ、頑張りがいあっていいけれどね」

そんな姉を見て、そして俺を見て、兄のジンも頷く。

「ティアラもアルトも努力しているのだな。俺も剣の道を究めるために、頑張らねばな！」

そんな感じで、夕食の最中、家族の会話を聞いた訳だが。

自室に戻った俺はシアに聞いてみた。

「同時召喚、あんまり普通じゃないみたいだよ？」

シアも不思議そうな顔をしている。

「おかしいわねえ？　１００年前は結構使える人間見たんだけどなあ。……人間じゃなくてエルフだったかしら……？　でもまあ、貴方は使えるから良いじゃない」

「まあ、そうだけどさ」

どうやら、世間の常識と教えの間に差があるようで。

同時召喚の使いどころや消耗度の感覚など、掴《つか》んでおいた方が良さそうだ。

†

収穫を終えた、数日後。

いつものように農園で作業を行っていると、

「アルト。君に会わせたい者がいる」

とのことで、俺は、祖父から一人の老人を紹介された。

「彼は、ワシの旧友で、王都で魔獣の素材の取引から、普通の食料品まで扱う商人をやっておる、ミゲルだ」

ミゲル、と言われた、祖父の隣にいる、質の良さそうな帽子をかぶった背の高い男は、俺に握手の手を差し伸べてくる。

「初めまして、アルト君。魔獣研究者兼商人のミゲルです」

「あ、はい。初めまして。アルトです。でも、どうして……？」

「魔王城跡地の開拓が劇的に進んでいるとエディから聞いてね。一目見てみたいと、そう思ったのさ！　これも一つの商売チャンスだからね」

「な、なるほど……」

「これこれ。孫をあんまり困らせるなよ。お主は練習台なんだから」

「練習台？」

「アルト、収穫を終えた君は、ここの農作物で取引を行う機会があるだろう。もしかしたらメイドや執事に任せるかもしれないが、自分でも出来て損はない。商人と一対一で相手をするのも、今後の為に必要な経験だ」

「それで、私が来たという訳！　グローリー家の農作物は魔王城産って曰くが付いているから、あんまり普通の商人は相手に出来なくて。私と取引してるんだよ」

「そうだったんですね。お手数おかけします」

「いやいや、私は魔獣が大好きだから、魔獣がたくさんいた地での作物を取り扱えるのは嬉しいし。なにより、未来の取引先になるかもしれない子にツバを付けておくのは当然さ」

熱意がこもっている。

「ちょっと変な奴じゃが、商人としてはまともだから心配はいらん。ワシは少し席を外すから、二人で話してみると良い」

「うん、ありがとう、爺《じい》ちゃん」

「ではな」

そう言って、祖父は去っていった。

†

元魔王城跡、現農園にやってきたミゲルは、改めて友人の孫――アルトを見ていた。

子供なりの幼さは残っているが、

……頑強そうな雰囲気だ。しっかり鍛えられてもいるようだね。

歴戦の英雄たるグローリー家の一員だけある。顔つきもしっかりしているし、農園を作る腕もあるし、期待が持てる子だな、と思っていると、

「よろしくお願いします、ミゲルさん。ところで、何を話せばいいんですかね？」

「何を取引したいかによるけどね。農作物の場合は、ここで採れる物のウリとか特徴を喋《しゃべ》ったりす

るのがいいかな。あとは、商人の方から、何か欲しいものがあるときは、それについて説明するとか、だね」

「なるほど……」

「交渉の基本は、自分から条件を出さない事。この価格なら売れる、って思っていたとしても、相手に価格を出させること――とかイロハはあるんだけどね。でもまあ、難しいし、そういうのは一旦置いておいて、今回は普通に喋ろうじゃないか」

「ありがとうございます。勉強になります」

「いやいや。こんな老人といきなり一対一で喋れっていうのも大変だろうからね。問題ないよ。単純に仲を深めるのも大事だしね」

商人としても、友人の孫相手としても、大事な事だ、と思いながら、畑の脇に建てられた建物を見る。

有り合わせの木材で作られたような四角い小屋だ。

「そこの倉庫に入っているのが、今回の収穫物かな？」

「はい。初めての収穫物です。自分たちで食べる分と、保存する分、それと出荷待ちの貯蔵分が混ざってる状態ですが、見ますか？」

「お願いするよ。なぜかエディが全然話してくれなくてね。その目で見た方がいいと」

「では、どうぞ」

倉庫が開かれる。

子供の初めての収穫物だ。どういう見てくれをしていようとも、よくやったと褒めるのが大人の役割だろうか、とそんなことを想いながら、ミゲルは見た。

「こ、これは……!?」

圧巻だった。

……宝の山か、これは！

様々な作物、それこそグローリー家の領地から取れた作物をよく見ていた自分の目から見ても、桁外れに魔力に満ちた作物が、山のように積まれているのを。

まさに、煌《きら》めいて見えた。

「こ、この量と質の作物を君が育てたのか？」

「俺だけの力じゃないですよ。仲間たちの協力もあって、この作物は取れましたから」

アルトはそんなことを言った。

「仲間というと……羊飼いの力で魔獣や魔物に協力して貰っていると聞いたが……」

「そうなんですよ。そろそろ帰ってくるかな、と」

と、彼が言った。その時だ。

――ドドド

と音を立てて、向こうから犬が走って来ていた。そこまで身体は大きくない。なのに、土煙を上げるほどの豪脚を持っており、しかも、

「え……？」

その口に蛇が咥《くわ》えられていた。三メートルはくだらない長さの、巨大で太い蛇だ。

「おー、お帰り、シア」

アルトは、それを気にすることなく、シアと呼んだ犬を手元に迎え入れる。シアはその辺に蛇をペッと吐き捨て、嬉しそうに撫《な》でられていた。

「あ、アルト君？　これはどういう状況かな？」

†

アルトは、シアからの報告を聞いていた。

「こっちの巡回は終わったわよ。また魔獣が三体くらい暴れてたから狩ってきちゃった。とりあえず、これはお土産ね」

「ああ、ありがとう。また捌《さば》いて、革や魔石は素材にして、食べれるところは食べようね」

「うん！」

これまでも何回も狩ってきているので、扱いにはだいぶ慣れた。

蛇の体内には魔石化した骨があるので、それを砕いて肥料にすると、土も良くなるらしい。アディプスからのアドバイスだ。

……土については彼女にお世話になりっぱなしだなあ。

助けられてこの開拓は成り立っているなあ、と思っていると、

「こ、この蛇は……ヘルズスネーク……？」

ミゲルが蛇の亡骸《なきがら》を見て戦《おのの》いていた。

「ご存じなんですか？」

「も、もちろん。この蛇は、生まれつき10以上のレベルを持つ魔物だよ⁉　訓練した人間でないと、倒す事は出来ない、そんな存在なんだ」

「そうだったんですか……。結構、頻繁に出てくるので、時たま駆除はしていたんですが」

あまりに多くシアが狩ってくるし、なんなら俺も、畑を荒らしている蛇を倒している。そんな名高い魔物とは思わなかった。

「ヘルズスネークを駆除だって……？　君、羊飼い、なんだよね？」

「はい、まあ、そうですね」

「な、なるほど。エディがニコニコしながら孫自慢していたのはこれか……。というか、その子が、君が魔王城で見つけたという牧羊犬かい？」

「あ、そうです。彼女や、あと、こっちにスライムたちもいます」

俺は、シアに遅れてついてきたスライムたちも同時に紹介した。すると、ミゲルは三歩ほど後ずさった。

「そ、そのスライムたち、……オールドスピリットスライム……？　え……本物……？」

その言葉に、俺は首を傾げた。

「えと……すみません。オールド……って何ですか？」

「いや、そのスライムたちの名前だよ。魔獣というよりは精霊に分類できる、高度な知性と魔力を持つスライムなんだ……」

「あー……。そうだったんですか。普通のスライムだと思っていましたが」

「いやまあ、気持ちは分かるよ？　私みたいに魔獣の素材や図鑑と毎日にらめっこしている商人や、学者でもない限り、ただのスライムにしか見えないからね」

「なるほど……勉強になります」

魔獣の種類を示す本というのは、ウチの蔵書にはあまりないし。そもそも農作業の本や、食べ物の本、職業の本ばかりを読み漁《よあさ》っていたから、俺は知識が偏っている。

やはり詳しい人は詳しいのだなあ、と思いながら、俺はスライムたちも撫でる。

「ともあれ、皆の力を借りて、開拓してます。他にもいろいろ力を貸してくれる方はいますが、今は彼女たちだけで」

「な、なるほど、な。とんでもなく高品質な作物を育てる羊飼いに、その仲間は、魔獣を気軽に狩る牧羊犬と、精霊クラスのスライム、か」

ミゲルはそう言ったあと、俺の肩をがっしり掴んだ。

「分かった、アルト君。是非、私と商売をしよう！　困ったことがあったら、連絡してくれれば、飛んでいくから。ね！」

とんでもない熱意でそんなことを言ってきた。

「あ、はい。ありがとうございます。でも商売の話は置いておくって最初に仰っていたのでは……」

「いやあ、あまりに魅力的すぎて無理だったね！　困らせるつもりはないから、必要だったらエディを通じて連絡してくれればいいから。うん！　これだけの高品質な作物の生産者を逃す訳にはいかんよね、商人として」

明らかに商人の目になってはいるのだが。

ともあれどうやら、有難い事に、王都の商人との個人的な伝手が手に入ったようだ。

第四章　新たな作物を探しに近くの街へ行ってみよう

この数ヵ月。俺たちは、とにかく農場を広げる事に集中した。

朝起きて、シアと一緒にご飯を食べて、勉強とトレーニングをして、農場にきて、召喚して、耕して、邪魔してくるモンスターを狩って、耕して、帰って、ご飯を食べて、シアと一緒に寝る。

たまにエウロスが、「アタシ今日はやる気がでなーい。髪をとかしてくれるとやる気がでるんだけどなー」とか言うので、姉にやっていたように櫛《くし》で髪の毛をといたり。または、「今日はやる気がいっぱいだからトレーニングにつきあったげる！」と言われて、エウロスと組手をすることで、風をまとった時の技を教えてもらったり。

時にはアディプスが「眠いので一緒に寝ましょう」と言うため、農場で突発昼寝会を始めて、元気になってまた開拓して、家に戻ってご飯を食べて寝る。

それをひたすら繰り返した。

モンスターを倒し続けた事で経験値も溜《た》まったのか、レベルは３５０まで来ていた。

そんな日々を送った結果——

「あの瓦礫《がれき》だらけの景色から、もう見違えるようね。凄いわ、アルト！」

「そうだねえ。頑張ったからねえ」

俺の目の前には、見渡す限りの畑があった。

畑の横には休憩小屋も設置したりして、大分見栄えも良くなったと思う。

まだまだ、耕しきれていない土地は残っているし、全体からすると、二割も開拓できてないのだろうが、それでも広範囲だ。

大分達成感がある。

「私もたくさん協力したからね！」

「ありがとう、シア」

抱きついてきたシアを労《ねぎら》い代わりに撫《な》でる。

シアは撫でられるのが物凄く好きらしく、何かあるたびにねだってくるが、このくらいならお安い御用だ。

そんなふうに思いつつ、同時に考えることとしては、

「そろそろ新しい種をまいてもいい頃だよね」

「そうね。ただ、領地の農家の人たちから貰《もら》った苗や種は使い切っちゃったのよね？」

「うん。だからここからは、俺達が種芋を作ったり、種を用意したりする必要があるね」

ここからは完全に、自分たちの好みと、育成計画次第で作物を選ぶことになる。

……ミゲルさんにお願いして種を用意して貰うってのもありだよな。

この前知り合ったばかりの商人ではあるが、入り用なものがあるならばいつでも連絡してくれと言われていたし。

祖父曰《いわ》く、この国だけでなく、周辺諸国にも顔が利くとのことで。

他の国の作物なども、仕入れようと思えば出来るらしい。

魔王城跡地の土は、非常に栄養豊富ではあるものの特殊らしいので、領地外で買ってきた普通の作物が育つかも分からない。

だが、試してみるのもありだ。

「何を植えられて、何が食べられるのかって考えるだけでも、ワクワクするね、シア」

「そうね！　美味しいものが育っていくのは、何よりも楽しみだからね！」

シアも俺も、食べる事に関しては熱心だ。

どの作物も上手く育てれば美味しくなるので、後はこの地に向いた作物を探したいところだ。そんなことを思っていると、

「アルト様ー！　お食事をお持ちしましたー」

屋敷の方から、フミリスが来た。

手には大きなバスケットを抱えている。

「フミリス。いつもありがとう、こんな遠くまで」

「いえいえ。メイドとして当然の役割ですとも」

開拓が進んできて、安全に飲み食いできる場所も作ったので、最近は、こちらで昼食を済ませる事が多くなってきた。

朝、出るときに自分が弁当を持って行っても良いのだが、

「温かい食事を持っていく方が、元気になれますし。私の仕事が減らなくていいので。持っていかせてください！」

と、言われてしまい。

それから、昼食はフミリスが運んでくれていた。護衛にはスライムがついてくれているので、移動も安全だ。

冷えた食事も美味しいとは思うが、もちろん、温かい食事も美味しい。

……シアも温かい方が好きだとは言っていたしな。

だから、お言葉に甘えて持ってきてもらっている。

「それじゃあ、昼食にしようか、シア」

「うん！」

そうして休憩小屋に入った俺たちは、備え付けのテーブルの上に広げられた料理を目にする。

魔法陣が刻まれたバスケットに入っているのは、湯気の出ているスープや、パン、肉類と野菜をまとめて炒《いた》めたものだ。

「今日も魔法の保温バスケットに、たっぷり詰めてきましたから。沢山食べて下さいね」

「ありがとうフミリス。それじゃあ、頂きます」

疲れた体に染み渡るような食事だ。

お腹が空いたときに食えるというのは、本当に有難い話だ。

「因みに、そちらのお野菜は、アルト様の畑から取れたものですよ」

「そうなの？　いやあ、自分で育てたと思うと、美味しさが跳ね上がる気がするよ」

「いやいや、気だけじゃないですって。料理長曰く、純粋に品質が市場に出ているものと比べても凄くいいらしいですよ？　王都の市場に出ていたら、通常の倍払っても買いたくなるほどだって」

「そう言って貰えるのはありがたいなあ」

実際に食材を扱っている人から評価を受けると、なんとも嬉《うれ》しいものだ。

……そう言えば、ミゲルさんも、在庫がある分を、通常よりも高値で買い取りたい、って言ってたな。

既に、販売先が決まっていたため、次の在庫からという話になったが。魔王城産の作物の人気が出そうで何よりだ。

それだけに、

「次、何の作物を育てるか、決めないとなあ」

などと呟《つぶや》いていると、フミリスが、そういえばと、切り出した。

「作物と言えば、先日、街の交易ギルドの方で、新種の作物の種が出品されたそうですよ」

「へえ、どんな作物なんだい？」

「エルフの村で開発されたものらしく。栄養豊富でお肉を食べたような満足感があり、尚且つ、一人では食べきれないくらい大きく育つトマト、とのことです」

その言葉に、俺は思わず立ち上がってしまった。

「それは……良いね！　シア。聞いたかい？」

「ええ。聞いてたわ。お肉みたいで食べきれないくらいのトマト……食べてみたいわ」

「うん、ぜひ、見てみたい。というか育てたいよ！　それ、まだ街のギルドにあるのかな？」

「わ、わかりませんが。噂《うわさ》になるくらいですから、恐らくは。もしくはギルドでお話だけでも聞けるかな、と」

「そっか。じゃあ、行ってみようかな、ギルド……！」

「私も付いていくわよ、アルト！」

そして俺は、《羊飼い》の職を得てから初めて、街のギルドに行くことを決めたのだ。

†

近くの街――リリーボレアのギルドに行く、との俺の意志は、フミリス経由で、実家にすぐに伝わった。

そして俺の目の前には馬車がある。

「街に行くのだったら、馬車がいるな。手配しよう」

と、早速兄が用意してくれたのだ。

リリーボレアから来たという馬車の御者は、一礼と共に、

「今回、運転手を務めます、ロビンと申します。アルト様、リリーボレアまで、よろしくお願いします」

と、やや緊張の面持ちで言ってきた。

「こちらこそ、よろしくお願いします……ってシアがどうかしましたか？」

「いえ……その。魔獣を乗せるのは、初めてなもので」

なるほど。緊張していた理由はそれか。

あまりに一緒にいすぎて分からなかったけれど、シアはそういう存在であった。

納得の気持ちを得ていると、兄が横から補足してくれた。

「彼女は、私たちの家族なので大丈夫ですよ。グローリー家が保証します」

「そう、ですよね。大丈夫ですよね」

兄からの説明を受けて少しは安心したようだが、若干まだ、緊張しているのは変わりないようだ。

他にも理由があるらしい、と思っていると、兄がちょいちょい、と手招きをした。

「アルト。シア君には適宜、人の姿を使ったり、魔獣の姿を使い分けた方がいいと言っておくと良いぞ」

兄はそんなことを言ってきた。実のところ、シアがただの犬でない事は既に家族には知られていて、何なら人の姿になれる事も普通に認知されている。

……半年近く一緒に生活してれば、当然だよなあ。

シアが自由に過ごしているので、隠すのは無理だし、そもそも隠そうともしてなかったが。

幸いにもうちの家族は懐が広いというか、細かい事を気にしないので。人になったシアにも優しく接してくれたし、

『何ならこっちの方が人の言葉が分かるから、アルトがどう過ごせているのか聞けていいな！』

とか言い出すくらいだった。事実、たまにフミリスとは、人間の姿で喋《しゃべ》っておしゃれの情報交換などをしているらしい。

……実際、寝室に戻ったら、めちゃくちゃおしゃれなパジャマを着たシアが人の形態で転がってて、びっくりしたっけ。

すごく可愛いね、とその時に褒めたら、フミリスと一緒に選んだの！　と嬉しそうに言っていた。それくらい馴染《なじ》んでいた。

それはともかくとして、兄の言葉を察するに、

「今のシアの姿だと警戒される、とか？」

「モンスターテイマー職であれば問題ないだろうし、羊飼いの君でも、説明すれば全く問題ないだろうがな。ただ説明を聞いてくれる場合は、だ。街中で、いきなり魔獣が出た、と騒がれる可能性もあるということだ」

「ああ、確かに」

「領地から少々離れているとはいえ、グローリー家の名は通るし、信用もされる。だから基本的に、シア君はそのままの姿でも大丈夫かもしれないが、使い分けしたほうが便利なのも確かということでな」

そんなアドバイスをくれた。

当のシアは、俺の横でその話を聞いていて、

「私は、どっちの姿でもいいんだけどね。アルトに迷惑かけないほうでいくわ」

とのことだった。なので、街の様子を見て、人の姿になるかどうか決めればいいだろう。

「ありがとう兄さん。それじゃあ、行ってくるよ」

「ああ。ミゲルさんも街にいるかもしれないと聞いたし、会ったら遠慮なく頼るんだぞ」

そんな感じで兄の見送りを受けて、俺はリリーボレア行きの馬車に乗り込んだ。

†

リリーボレアへ向かう道中。

「へえ、ロビンさん、街の馬車の御者になったばかりなんだね」

「そうなんですよ。職業が《ライダー》ですから。王都でずっと御者をやってたんですけど、リリーボレアに知り合いがいて、誘われたんです」

俺は御者のロビンと何気ない世間話をして打ち解けていた。

話してみれば、気のいいひとで、直ぐに仲良くなれた。

ため口を使ってくれた方が気が楽になってありがたい、と言ってくれたので、出来るだけ俺も彼を楽にするためにも敬語を外すようにはしている。

とはいえ、未だロビンは緊張しているらしく、周囲をきょろきょろと見まわしている。

「まだ、シアのことが気になりますか？」

「いいえ、そうではなく、何度来ても、魔王城跡地は怖いというか、独特の雰囲気があって緊張するんで……」

「そう……かな?」

「ええ。そこに住まわれているアルト様に言うのも失礼かもですが。やっぱり市井《しせい》のものからすると、どことなく畏怖はありますよ」

なるほど。

生まれてずっとその地にいるから分からなかったが、元とはいえ、魔王城、という名前はインパクトが大きいようだ。


……今はその魔王城も、跡形もなく、畑になってはいるんだけど……。


因みに、留守と言っても半日だが、その間の畑の見回りはアディプスにお願いした。

糸の柵を周囲に張り巡らせたほか、地面にも糸を張って、畑を荒らしに来る害獣を防いでくれるそうだ。

『……蜘蛛は罠《わな》を張って待ってる方が得意ですので。行ってらっしゃいです。サボりはしませんのでご安心を。……ホントですよ?』

との見送りも受けた。

アディプスは冗談交じりにあんなことを言っているけれど、根はまじめだし、優しいのは分かっている。

だから安心して、街に行けて有難いことだよなあ、と思っていると、

――ガタン

と、馬車が、揺れた。

「おや、泥にハマったかな？　ちょっとお待ちください」

そう言って、ロビンは御者台を降りて、確認をしに行った。

俺も席に戻り、窓の外を面白そうに眺めているシアに話しかける。

「しばらく待機だねえ」

「ええ。馬車っていうのも景色が動いて楽しいわね。私が走るよりは遅いけど」

「今のシアは大分速いからなあ」

この半年でシアも成長している。

身体も少し大きくなった。

人間体の方は殆《ほとん》ど成長してなくて少女のまんまだけれども。

……俺も結構、背が伸びてがっしりしてきたからなあ。

まだまだ開拓作業にも農作業にも足りない。もっと鍛える必要があるだろう、などと思っていると、

「うおお……!?」


外から叫び声が聞こえた。

「ロビンさん？」

何事かと思い馬車から出て見ると、

「アルト様、お逃げください……！」

そこには、尻餅をついているロビン。そして、馬車の進行方向の先10メートルほどの所に、猪《いのしし》がいた。

ただし、ただの猪でなく、ゴツゴツした岩のような頭部を持つ、立派なモンスターだ。

その頭部は明らかに硬質で、見るからに重量感がある。

「剛猪パイア……。魔王城跡地にしか出ないヤバイ猪ですよ……。突撃一回で家をぶっ壊す様な奴で、レベル30以上の戦闘職じゃないと戦えもしねえ、出会っちまったら、見逃して貰うのを待つしかない魔物です」

俺も知っている魔物だ。

オス同士が争う際に、頭部を叩《たた》き付け合う習性があり。年を経れば経るほど、その頭部は硬く、強靱《きょうじん》なものになるという。

ふう、ふう、と息を荒くしながら、パイアはこちらを見ている。

今にも突撃してきそうだ。

「お客の安全が第一……。俺がここは囮《おとり》になりますから、アルト様はお逃げを……」

ロビンはそんなことを言ってくる。だけれども、

「いや、あれ相手なら、大丈夫です。いつも通りやれば、問題ないかと」

俺は、特に気にせず、ロビンの前に出て、猪に近寄る事にした。

「アルト様⁉」

「ブフウ……！」

そして猪は、近づく俺を見るなり、一直線に突っ込んできた。

だから俺は、その場でふんばり、息を止め、

「せえの……！」

真っ向から肩をぶつけた。


――ガシン！

という鈍い音が響いた。

そして、僅かに間があった後、

――ドターン

と、パイアはその場に、崩れ落ちるように倒れた。

「え……？」

「ふう、相変わらず硬くて痛いなあ」

ぶちかましの姿勢から立ち上がって、肩をさすっていると、

『お疲れー』

シアが労うように、俺の肩をぽんぽんと撫でてくる。軽い打撲みたいになってしまっているようだが、動かすには問題ない。

そうしていると、ロビンが駆け寄ってきて、

「だ、大丈夫ですか⁉」

「うん。平気だよ。あと、パイアもしばらく起きないから、このまま進んでも大丈夫です。不調が直ったらだけど」

「あ、いえ。車輪の異常だったので、もう直しましたが。そうじゃなくて、い、今のは一体……。どうしてパイアが倒れてるんです？」

「ああ。よくウチの畑を荒らしに来るんですよ。対応に四苦八苦してたんだけど。頭の硬い部分に衝撃を与えると、脳を良い感じに揺さぶれるらしく。こうして転ばせば、対処できるんです」

そう言うと、ロビンは目をぱちくりさせた。

「あ、アルト様、羊飼いですよね？」

「はい」

「すげえ……。戦闘職じゃない人が、パイアと正面から激突して、しかも勝っている姿、初めて見ましたよ」

正直、一番早い方法がこれなだけで、結構痛い事には変わりないのだけども。ただ、それよりも今は早く街に行きたい気持ちの方が強かったのだ。

「どうにか上手くいって良かったです。早く街に行きましょう。新しい作物の種、見たいですし！」

「は、はい。勿論《もちろん》ですとも！　この度は、本当に助かりました！　全速力で、向かわせて頂きます！」

そうして、再び馬車は出発した。

そこまで、時間的には遅くなることもなく、到着出来そうだ。

思いながら、俺は先程ぶちかましに使った肩を見る。

青あざが少しできていたのだが、もうだいぶ消えている。

「ステータスの補正って、回復能力にも掛かるんだね」

「そうよ。と言っても補正だから、限度はあるけどね」

「だよね。怪我をしたら普通に治療してもらうよ」

しかし、魔王城跡地の農作業ばかりで、自分の身体がどうなっているのか、自覚する間もなく来てしまったが、

「俺、少しは強くはなってたんだね」

「当然よ！　魔王城跡地みたいな広くて硬い場所を耕しまくったんだから、筋力つかないわけないじゃない」

そんなことを客観的に確認しながら、俺達はリリーボレアの街に向かうのだった。

†

「ここがリリーボレアか。広い街だねえ」

猪による問題はあったものの、俺達はリリーボレアに無事辿《たど》り着《つ》いていた。

低めの壁に囲まれた街の入り口に俺たちはいる訳だが、昼という時間帯もあってか、通りは活気に溢《あふ》れて、人が行きかっている。

それを見て、馬車の中で人の姿になっていたシアは興味深そうにしており、

「領地の農村とは、雰囲気が違うわねえ」

「うん。人の数も大違いだね」

グローリー家の領地にほど近いとはいえ、この街に来るのは初めてだ。

ひと通りのギルドや、商店がそろっているので、農村に比べると大分規模も大きい。

商店の通りはここから見るだけでも色々あるのが分かる。

食べ物の匂いがお腹を刺激してくる店、何やら苗っぽいものが売られている店など、種類は様々だ。

「アルトと見て回るだけでも楽しそうね！　お出かけ用の服を用意してきた甲斐《かい》があったわ！」

「フミリスに貰ってた奴だね」

人の姿になったシアは、普段であれば、変化《へんげ》で作ったドレスや、姉が子供の頃に着ていた服を着たりしているのだが、今回は動きやすそうなスカートだ。

「どう、似合ってる？　可愛い⁈　お嫁さんみたい⁉」

「うん、お嫁さんかどうかは見たことないから判断できないけど、似合ってるし可愛いよ！」

「わあい！」

正直な感想を言ったら、シアはめちゃくちゃ喜んでいる。

シアも楽しそうだし、種だけじゃなくて、じっくり商店街を見るのも面白そうだなあ、と思っていると、

「お二人とも、お待たせしました」

馬車を預けていたロビンが来た。

「今、交易ギルドまで、ご案内しますね」

「あ、お願いします、ロビンさん。というかすみません、移動だけじゃなくて街の案内まで」

「いえいえ。あの凶暴な猛獣から命だけでなく財産である馬車まで救って貰ったんですから。これくらいさせて下さい。帰りの便まで、時間もありますし」

とのことで。ロビンは、馬車による移動以外にも面倒を見てくれている。

……良い出会いに恵まれているなあ。

と思いながら、俺たちはロビンについていく。

やってきたのは、街の中央にある大きな建物だ。

看板には『交易ギルド・リリーボレア支所』とある。

「でっかい建物ですね」

「アルト様の屋敷の方が大きいでしょうに。ただ、王都から離れている街にしては、大きい方ですね。さ、入りましょう」

と、促されて建物中に入る。

中にはカウンターが幾つか設けられていて、それぞれに、受付の人員が立っている。また、そこらかしこに、木箱やケースが積まれていて、取引を行っている人もところどころにいる。

……皆、ミゲルさんみたいな目をしているな。

これが交易ギルドの、商売人たちの活気か、と思っていると、

「おや、ロビンさん、戻られたんですね」


カウンターの向こうにいる、受付の制服を着た一人の女性がロビンに話しかけていた。

20代くらいだろうか。

そんな彼女に、ロビンは軽く会釈する。

「セリネさん。お疲れ様です」

「流石、王都からスカウトされたライダー。仕事が早いですね」

「まあ、どうにかこなせてますよ。それよりも、こちらの、僕のお客様が交易ギルドに用があるそうでね。受付を頼むよ」

「かしこまりました。初めまして。交易ギルドの受付嬢をやっているセリネです。お名前をお聞かせいただけますか？　そのあとご用件をお願いします」

「あ、はい、初めまして。アルト・グローリーと申します」

ぺこり、と礼をすると、セリネは微笑み返してきた。

「おお、戦闘技能で有名な、グローリー家のご子息だったのですね」

「ええ。とはいえ、俺は戦闘職ではないんですが。兄や姉は有名ですね」

その言葉に、セリネは、あっと声を上げ、

「すみません。失礼な事を言ってしまって」

「いえいえ。大丈夫です。戦闘職でなくても、やれる事はありますから」

「やれる事……？　というと、何かをされているのですね」

「はい。こっちにいるシアと一緒に、魔王城跡地で野菜を作っているんですよ」

その言葉を聞いた瞬間、セリネは目を見開いた。

「も、もしかして、『魔王ブランド』の野菜を作られた方なのですか……?!」

声のトーンも一段変わった。明らかに驚いているけれど。

俺としても彼女の放った単語に驚きで、

「えーと……なんですか、そのブランドは」

思わず聞いた。

「ここ最近、話題になりつつある、野菜のブランドですよ！　交易ギルドの役員である、ミゲルという者が広めているんです。この街だけじゃなくて、今では王都にも話が伝わっているらしいですよ」

なるほど。何となく分かった。

……ミゲルさんが広報をやっていてくれたんだな。

最初期よりも作物の売値が高くなっているし、はける速度も上がっていると思っていたけれど。

……この前話をした時、『良いものでも、売れるためには、宣伝や広報は大事なんだよ！』って言ってたけど。率先してやってくれてるんだなあ。


有難いことだ。

ただ、この話をすると目的が脱線しそうなので、まずは、今日ここに来た理由を話そうと、

「今日来た用件は種の買い出しなんです。新種の作物の種が出たって聞いたので……」

簡潔に告げた。すると、

「あー……」

と、セリネは微妙な顔をした。

悲しみと、申し訳なさが入り混じったような表情だ。

「えっと、その反応って事は、もう売り切れたとかですか？」

「い、いいえ。そうではなくて……ただ、こちらにはないんですよね」

「売り切れてないのに、ないって、どういうことかしら？」

シアが聞くと、これまたセリネは難しい顔をした。

「売り切れというか……売れなくて、倉庫に入れるスペース的にも邪魔だから、処分したというか

……」

「なんだか、複雑な事情があるんですね……」

「ええ。ギルドという立場から、守秘義務的に言えない事もありまして」

ギルドという組織にも色々とあるようだ。とはいえ、

「ただ、複数の商店が仕入れましたから、もしかしたら、残ってる店もあるかもしれませんし。回ってみると残っているかもしれませんよ。ギルド前の通りの店などは、信頼の置ける店主さんしかいないので、安心して買い物もできますし」

セリネさん的にも、何らかは教えたいと思ったのか、そんな感じに伝えてきた。

「分かりました！　他の作物も見てみたかったし、ひと通り回ってみます」

「すみません、これくらいしか出来ずに」

「いえいえ。それじゃあ、俺達、買ってきますね、ロビンさん」

「はい。帰りの馬車のスペースは結構空いているので。積み込みが必要になったら、呼んでください、アルト様」

「はい！　ロビンさんも、受付さんもありがとうございます！　行こう、シア」

「ええ！　初めての街だし、楽しみましょう！」

†

ロビンは、アルトとシアがわちゃわちゃしながら、ギルド支所の建物から出ていく後ろ姿を見送っていた。

隣に立っているセリネも同じく視線を送っているが、

「元気のいい男の子ですねえ。可愛らしいですし、心が洗われるようです」

頬を赤らめながら彼女はそんなことを言っていた。

どうやら見ているポイントが違うらしい。

「ちょっと言い方気を付けないと危ないと思うよ、セリネさん。あの方、グローリー家のご子息なんだから」

「え、ええ。勿論分かってますとも！　でも、可愛いのは間違いないじゃないですか。隣にいたシアさんも含めて、可愛かったですよ」

「そうだねえ。でもあの子たちは可愛らしいだけじゃないんだよ？　特に、アルト様は、僕より、強いんだから」

「え……?!　王都からスカウトされてきたロビンさんよりもですか⁉　ロビンさん、怖がりですけど、元冒険者ですし、レベル25くらいのモンスターなら倒せるくらい強いじゃないですか！」

セリネはそんなことを言ってきた。

「《ライダー》って戦闘職をレベル20以上にするのって、平均7～8年かかるのを、ロビンさんは数年で終えたものだから、王都でもブイブイ言わせてたと聞きましたし。だから魔王城跡地への便も、ギルドマスター直々に任されているのに……」

「あのギルマスは何を部下に言っているんだか……」

とはいえ、とロビンは、スカウトされる形で来た経緯を思い出す。

王都でそれなりに活躍してきたから、ここの知り合い——ギルドマスターが人手不足だというからヘルプで来たのを。

それで任された仕事が曰く付きの魔王城跡地に行く仕事だということも。

「まあ、僕はビビリなので、力を出し切れることもあんまりないんだけどさ」

そしてロビンは思い出す。

あの猛獣の猪と真っ向からぶつかり合い、倒した少年の姿を。

「生まれつきレベル30以上あるパイアに真っ向勝負を挑める少年を見たら、やっぱり僕より強いと、そう思うからね……！」

†

俺とシアはリリーボレアの中心にある商店通りの賑《にぎ》わいの中にいた。

王都から離れているとはいえ、人通りは多い。

そして、あちらこちらに、雑貨や食料品を扱う店、農作物の苗を並べる店など、多種多様な商店が並んでいる。

お昼時とあってか、店先で作られた料理なども豊富で、匂いが俺たちの鼻先をくすぐってきた。

その匂いに誘われた結果、

「わ、この果物、美味しいわ」

「こっちの串焼きもあまり食べた事がないスパイスがお肉に掛かってて良いね！」

俺もシアも、食料品——もとい、食べ歩き用のスナックは購入済みだ。

行儀はあまりよろしくないし、屋敷であれば止められるが、

……ココだったら誰も見てないしね！


思う存分楽しんでいる。

とはいえ、本来の目的も忘れている訳ではなく、

「領地の農村では見られなかった苗がいっぱいあるね」

「幾つかまとめて買っていくのよね？」

「うん。何が魔王城跡地で育つか分からないからね」

作物には、土の状態によって向き不向きがある。

アディプス曰く、酸性だの中性だの、空気が多いだの少ないだので、色々とあるらしい。

まだ俺は勉強中でそこまで詳しくはないのだが、それでも、作物が育ちやすいかどうかは、実体験として分かる。

魔王城跡地は、広い上に、色々な混ざり物があるので、場所によって土の状態が大きく変わっているのだが、それぞれに合わせた作物を用意するのが良いとのことだ。

作物を出荷した結果、俺の懐は、少しばかり温かくなっているので、仕入れをする分のお金もある。

……出来れば、ここに来た目的の『特別な種』というのも見てみたいけども。

まずは、買えるものから買おう、と俺達は、二人で、幾つかの苗や種を買い込んでいった。

そして、十種類程買い、他に何かないか歩き回っていると、

『…………』


俺は、か細く響く声を聴いた。

「……シア、なんか言った？」

「？　私は何も言ってないわよ」

ということは、動植物対話のスキルの効果だ。

俺は声のした方を見る。

そこには、一つの商店があった。

いかつい筋骨隆々のおじさんの横にある、『在庫処分の大安売り。オブジェにもどうぞ』との札が掛けられたケース。

その中に入っている、占いで使う水晶玉のような大きさの種からだ。

一個一個が、俺の両手で包み切れないくらいだ。

……こんな種は見たことないぞ。

俺は、その声に誘われるようにして、店の前に行く。

「すみません」

店主のおじさんはにこやかに声を返してくる。

「お、どうした、坊主。嬢ちゃん連れて、デートの買い物か？」

その声を聴いたシアはキラキラした瞳で言う。

「そうよ。デートしながら作物の種探しよ！」

「あはは……。まあ、彼女の言う通り、作物の種が欲しいなって思ってるんですけど——この安売りされている種はなんですか？」

種というより、もはや玉のような大きさをしているが。

それを聞いた瞬間、店主は渋い顔をした。

「……ああ。それは作物としては使い物にならんから、やめた方がいいぜ。いずれ捨てるものだ」

「というと？」

「最近話題になったかもしれねえが、エルフの村の奴らが開発したトマトの種なんだけどよ」

「こ、これがですか？」

トマトといえば、掌にのるほどの赤い実を思い浮かべる。

本来のトマトの種はゴマ粒ほどな筈《はず》だ。

それがこの大きさだという理屈はまったく分からないが。

「これが話題の作物の種なんですね！」

「お、おう！　なんだ、坊主、探してたのか」

「はい！　めちゃくちゃ美味しいトマトが採れるって！」

元気よく返すと、店主は僅かに微笑ましそうな顔をして、しかし首を横に振った。

先ほど、交易ギルドで見たような、微妙な顔と同じものだ。

「坊主、そいつは、事実だ。事実なんだけどな、売ってきたエルフの奴が黙ってた、隠された情報ってやつがあったんだよ」

「え……というと？」

店主は、頭をかきながら言う。

「端的に言うと、育つまで10年掛かっちまうんだと」

「え？　トマト、ですよね？」

遅くとも一年もあれば育つ、と本では読んだし。

農村の人からも聞いていたが。

「ああ。だけど、エルフが開発したってのが、混乱を招いた元でな。エルフにとっての10年は大したことない期間だけど、俺たちにとっては大したことがあり過ぎたって訳だ」

「ああ、長命種との常識のすれ違いってやつね」

シアが理解を示しているが、結構よくあることなのだろうか。

「それを、エルフの奴は取引した後に告げてきてな。試食した実物のトマトの美味さで、目がくらんだってのもあるけど、そんなに高くはない価格だったのと合わさって、俺たちは買っちまって、返品はできず……そして不良在庫になったわけだ」

店主は頭をかく。

「これは気付かなかった俺たちのミスだからな。エルフの奴を悪いっていう訳にはいかねえ。ただ、新たな種を適当に捨てたら何が起こるか分からんから、管理できない場所に適当に放るわけにもいかん。なので、きちんと廃棄処分をするか、俺みたいに、二束三文で、記念品や、オブジェとして売るか、そんな風になってる訳さ」

「なるほど……」

「オブジェとして扱う場合は問題なし。管理できないなら植えないように。捨てる際には燃やすかなんなりしてくれってお願いしてるけどな。ま、お客さん相手の笑い話を一個買ったと思えば、悪くない投資だったたって事かもな」

店主は困ったように、笑いながら言う。

俺は、その話を聞いて、少しだけ思っていた。

もしかしたら、ウチの畑でなら、ある程度短縮して育てられるかもしれない、と。

「これって、あるだけ買っても、良いですか？　育てたいんで」

「……坊主、話聞いてたか？　いや、俺としては不良在庫がはけて嬉しいけどさ」

「はい。聞いたうえで、ウチの農園に欲しいなと」

それに、声を聴いて、思ってしまったのだ。

折角種があるのに、育てられることも、食べられる事もなく。

捨てられるのは可哀想だと。

……そう思ったら、買わないという選択肢はないじゃないか。

そう思いながら、店主の反応を待っていると、

「まあ、分かった。覚悟があるなら、持っていきな。坊主が大人になる頃には、育つだろう。箱代はサービスしておくぜ。つっても重くて持ってけねえか。家まで送ってやろうか？」

「大丈夫！　ありがとう、店主さん！」

俺は種の入った箱を片手で持ち上げ、頭に置いて安定させる。

それを見て、店主は目を見開いた。

「ぼ、坊主、力持ちだな」

「農作業で鍛えてるからね！」

そうして、俺は新種のトマトの種を仕入れる事に成功した。

……魔王城の畑で、育つのか。それに、何日掛かるか分からないけど……。

時間は掛かるだろう。

何日も何日も待つ事になるかもしれないけど、

……日々のトレーニングと一緒だ。


根気強く、何かに取り込むのは、そこまで嫌いじゃない。

「よし。頑張ってみるか……！」

†

「お帰りなさいです。……これまた沢山買ってきましたね」

昼過ぎ、大量の種や苗を抱えて農場に帰ってきた俺たちを、休憩小屋にいたアディプスはそんな言葉で出迎えた。

屋敷まではロビンの馬車だったが、農場には馬車が入れないということで。屋敷で荷車を調達して、自分たちで引いてきたのだ。

あまりに多く積み込んだものだから、荷車の車輪が途中でぬかるんだ地面に沈み込みそうになった。幸いにも筋力がついていたので、力尽くで運び出せた。その後、車輪が動かなくなったから、引きずって運んだ。

途中で俺たちが何かをやってることに気付いたフミリスが、様子を見に来て、その力業に驚いていたほどだったけれど、どうにか農場まで運び切れたのだ。

「大分力業の跡が見えますが、お疲れ様です。これが今回のお買い物の成果ですか」

「ま、まあね。とはいえ、広さを考えると、まだまだ足りないんだけど。——あ、そうだ。ところで、アディプス。土について、教えて欲しい事があるんだけど」

「なんですか？」

「育成期間が長いから、出来るだけ早く育てたい作物がある場合って、どうすればいいんだい？具体的には、これなんだけど」

俺は、運んできた種の中でもひときわ大きい——球根というにも大きすぎる——トマトの種を見せた。

　すると、アディプスは、目を細め、

「育成期間が長いというから果物の樹木かと思いきや、奇妙なものを持ってきましたね」

「あ、奇妙って見ただけで分かるんだ」

「ええ。奇妙な雰囲気の植物の種という感じで、呪いは掛かっていなさそうですが。祝福された形跡は幾つか見られますけど。これが長い期間掛かると？」

「10年くらいだってさ」

　俺の言葉に、アディプスは目を瞑《つぶ》り、考えたあと、

「普通の植物と同じ育ち方をするのであれば、基本的に魔力をたっぷり込めれば、育ちやすくはなります」

　そんなアドバイスをくれた。

「モンスターから取れる魔石を肥料にするのもいいわね。魔王城跡地で育ちやすいのって、そういうのが何年も何年も、積み重なった層があるからでしょうし。その分、地面はとんでもなく硬いけど」

「なるほどなあ」

「あと……土壌単体で言うなら、そこの一角、めっちゃやばいです」

　アディプスはそう言って、畑の一角に視線を送った。

そこは、耕してはあるものの、作物が一切植えられてない場所。傍《はた》から見ても、そこだけ空白があるようにも見える場所だが、

「ここって確か、竜の血が入っている場所だよね？」

「そうね。私が、沢山ぶっ飛ばしたところね」

畑の一角にある、二坪。

以前シアが倒して折り重なった竜たちの血が流れ込んだ穴があった場所だ。

それ以来『竜の二坪』と呼んでいるが、実は、ここでだけは、作物を作っていなかった。

というのも、一回、一つだけ種芋を植えたのだが、植えた瞬間に芽が出て、茎が出来て、花が咲いたという、異常な成長速度を見せたからだ。

そして収穫まで、一日どころか、半日も掛からない、そんな場所だった。

それればかりか、収穫し損ねた芋が数十分で芽が出てしまい、収拾がつかなくなりそうだったので、慌てて掘り出したのだ。

……ここだけ収穫が早くても、畑全体のバランスが崩れそうだったしね。

それにつきっきりで見ていないと何が起きるか分からず、作物育成のコントロールが出来なさ過ぎて、ひとまず休耕地にしてあったのだが。

「速度だけで言うなら、多分、ここが一番です」

アディプスがそう言ったのを聞いて、俺は、決めた。

「……少しだけここに植えて、様子を見ようか」

「そうね。てんやわんやだったあの時よりも、アルトも鍛えられたし、ある程度なら大丈夫じゃないかしら」

そもそもこのトマトが根付くかどうかも分からないけれど。

やってみる価値はあるだろう、と俺は思い、

「じゃあ。行くね。——上手く育ってくれよ……」

大きな種を、竜の二坪の畝に植えた。

そして水を与える。


……さて、芋だったらすぐに茎が出てきてしまったが、どうなる……。


やや身構えながら、数秒待った。

「何も……ないみたいね、アルト」

「うん。シアから見てもそう思う？」

反応は何もなかった。けれど、

「ですが、種は生きていますよ。土の中でも、栄養を吸っている様子が感じられます」

アディプスはそう言った。つまりは、

「順調に育っているって事？」

「まだ分かりませんが、その可能性が大きいかと」

「だとしたら、しばらく経過観察が必要だね」

成長が上手く行っているのか、もしくは枯れてしまうのか、データを取るのが良いだろう。

……農家の皆さんが、農業はデータの集積が大事だ、と言っていたし。

教えて貰った事は、ここでも活かしたい。

「経過観察って、ずっと見ているって事よね。だったら、スライムに任せてみる？」

「スライムに？」

「ええ。24時間見続けなきゃいけないなら、適任だと思うわ」

「そうですね。スライムたちは、群体ですから。一部が動いていても他の身体が休んでいれば、休まりますし」

「勿論、24時間召喚しっぱなしは、アルトの体力と魔力を消耗するし、休みにくくなるけど。どう？　やる？」

「それは……当然やるよ！　俺の体力と魔力のトレーニングにもなるしね。あとはスライムたちの許可を取らなきゃだけど——」

言っていると、後ろからぽよん、とやわらかな衝撃がきた。

スライムだ。いつもの調子で、召喚して草抜きをして貰っていたのだが、先程の話を聞いていたらしい。

『毎日美味しい水をくれるなら、やってもいいよ』

「本当かい。ありがとう……！」

そうして、スライムによる24時間管理のトマト畑が出来上がった。

†

24時間召喚しっぱなしというのは、最初は少し大変だった。なんといっても夜、寝辛かったのだ。頭の奥の３割くらいが、寝れてないようなそんな感覚があった。

魔法の講師をしている姉に、子供でも出来るものなのか、それとなく教えを聞いてみたのだが、

『24時間の召喚魔法？　あはは、熟練の魔法使いじゃないと無理よ。魔法学校の子たちで、才能ある子でも、２時間維持するのがやっとだしね。え、ヒントを頂戴って……？

そうねえ、出力される魔力より、睡眠や食事で回復する魔力の量を多くするのをイメージするとか？　塩梅《あんばい》が難しいけどね』

とのことだった。

難しいとのことではあったが、そのヒントのお陰もあり、大分、楽にはなった。

……流石は教え慣れしている姉さんだなあ。

シアに教えられたことも合わせて、慣れれば行けるもので。数時間もすれば、睡眠は上手くできるようになった。そして翌日、

「――芽が出てる！」

『エルフのトマト』は発芽していたのだ。

†

トマトの芽を見て、シアは笑みを浮かべた。

「やったわね！」

「うん！　トマトも育てられそうだよ！　ただ――」

そう。ただ、一つ問題もあった。

目の前の畑には、トマトの芽以外にも出てきているものがあって。

「雑草、というか、これ、モンスターだよね」


朝、スライムの報告があったから、急いで来てみたのだが。

めちゃくちゃな量の雑草――というか、モンスターが育っていた。

見上げるほどに大きなものが、竜の二坪を飛び出して周りに侵食するくらいに居る。

作物が急速成長するのだから、雑草だって育つ。それは分かる。

けれど、この土壌は栄養があり過ぎるのか、あるいは魔力が強すぎるのか、普通の雑草はあまり生えなかったのだ。

そして今、生えているのは、いばらのような蔦《つた》が寄り合い、樹木の様になって蠢《うごめ》いている植物系モンスターだ。

「多分、アイヴィートレント種だと思うけど。なんにせよ、間違いなくモンスター……ねっ！」

「しかも問答無用で、攻撃してきてるしね……！」

「ウオオオオオ……！」

呻《うめ》くような声を上げて、棘《とげ》を弾丸のように飛ばしてきていた。

畑に近づくなり、仕掛けてきたのだ。

俺とシアは避けられており、スライムがトマトへの直撃を防いでくれているので、被害は今のところないが、

「倒さなきゃ、作物がやられるし。そもそも栄養も持ってかれるよね」

「でしょうね。スライムたちじゃ、防ぐのがやっとだし、いずれ疲れちゃうわ」

「それなら申し訳ないが、倒させて貰うしかないか……！」

俺は、持ってきた農具——草刈り用のナタを取り出す。

この地に生える、強靱な雑草を刈り取れるように鍛冶師に頼んだ特注品だ。それを手に、飛んでくる棘の合間をかいくぐって近づき、

「よいしょっ……と！」

アイヴィートレントの根元に向けて大きく振って叩きつけた！

それだけで、

——ズパッ！


と、勢いよく、アイヴィートレントの根元は、切断された。そして、

「ウオォォ……」

トレントはそのまま萎《しお》れ、力を失い、地面に落ちて朽ちてしまった。根からの栄養を遮断されたからだ。

「流石！　もう手慣れたものね！　あとは復活しないように、根を掘るだけよ」

「う、うん。ここまでの大きさのものは初めてだけどね……！」

俺は、トレントの根を掘り返して、息を吐く。

何度か植物系の魔物は刈っているので、やり方は分かるが、ここまで大きいと流石に大変だ。さらに言えば、

「まだ、何体もいるよね……！」

トレントは、何処から湧いてくるのか分からないが、生命力と繁殖力が強い。目の前には、未だ、数体のトレントがいる。

スライムが頑張って棘から作物を守ってくれているので、

「今のうちに、倒しきっちゃおう……！」

「そうしましょう！」

そうして、俺は、シアと共に、トレントを刈った。

途中でナタがダメになったが、エウロスの力も借りて風のカッターで切ったりして、どうにかなった。

その後、さすがにこの大量発生が続くのは問題だと思ったので、アディプスから、雑草が生えにくい肥料を教えて貰ったりで工夫もした。

それで大量発生は防げたが、それでも一夜ごとに少なくとも数体は生えてくる草系モンスターを刈って刈って刈り続けて、２週間。

戦っている間に、トマトはぐんぐん栄養を吸い上げていたようで。あっという間に茎になり（トマトとは思えないほど太い茎になって、支柱も要らずに立つのに驚いたが。念のため支柱は立てたりして）。それから、つぼみが出来て開花、青い実が付き始めて、そして――

「実ったよ……。10年が、２週間で……」

「ええ。真っ赤で、芳醇《ほうじゅん》な香りがする。こんなの見た事がないわ」

俺たちは宝石のような、真っ赤なトマトの実を、手にすることに成功したのだ。

†

今回収穫できた『エルフのトマト』は、木箱４つ分だった。

実そのものの大きさは、普通のトマトの数倍といったところ。

種は大きかったのだが、一つ一つの実の大きさは、種とそう変わらないくらいだった。

割って中身を見ても、種子は普通のトマトと同じ大きさで。大きい種は見る事は出来ない。

……どうやってこれで次代を作るんだろう。特殊な方法があるのかな？

と、休憩小屋で悩んでいると、

「アルト、早く食べましょうよ！」

シアが催促してきた。

彼女だけではなく、スライムや、アディプス、そしてエウロスもいた。

それぞれ、テーブルについている。

エウロスは風でお皿をテーブルの上に運びながら言う。

「作物を食べるためだけに呼ばれるの、初めてね」

その言葉にアディプスも頷《うなず》く。

「エウロスもですか。私もです」

「変だったかな。皆の協力で出来たものだから、皆で味わった方が良いかなって思ったんだけど」

そう言うと、二人は目を丸くした後、微笑みを浮かべた。

アディプスはテンションが上がったのか、自分の糸で作った球体を手で転がしながら、嬉しそうに言う。

「変ではありますが、私は好ましく思うです」

「アタシもよ。そういう事を言ってくれる主だと、力の貸し甲斐も増すわ」

どうやら、喜んでくれているようだ。

スライムも下の方で、ふんふん、上下に震えているし。期待がこもっているのが分かる。

「それじゃあ、とりあえず食べようか」

俺は種を見るために切ったトマトを、食べやすくカットし、皆の前に回す。

種族によっては食べられない子もいるらしいが、この場にいる全員は大丈夫との事で。遠慮なく振舞う事にして、

「いただきます」

俺も、食べた。

「うわ…………！」

まず、率直に出た感想がそれだった。言葉が詰まる美味しさ、という奴で。

まず爽やかな甘みが来て、その後にみずみずしさと、酸味。

それが噛《か》めば噛むほど、増幅されていくのだ。

……美味しい……！

噛みしめる度に、その思いが浮かんでくる。ただ、これは人間の俺にとっての感想で、皆にとってはどうか、と顔を上げてまわりを見ると、

「んー、これいいわね。捧《ささ》げられた供物《くもつ》でも味わったことない、極上よ」

エウロスはほっぺに手を当て、美味しそうに食べている。その感情を表すように、風が渦巻いている。

「甘味が良いですね。水分量も豊富でジュースのようです。これ一個食べるだけで、体調も大分回復しそうです」

アディプスは、トマトを吸うように食べている。土や栄養に詳しい彼女も表情が緩んでいる。

スライムは、トマト色になっていて目が凛々《りり》しくなっている。美味しいと、こちらに目で訴えかけてきている。

そして、シアも、ガツガツと食べていて、

「まるでお肉みたいよ！　本当に芳醇な魔力をそのまま食べてるみたいで、凄いわ。食べるだけでレベルが上がっちゃいそうだもの！」

大好評だった。

あっという間に、1つの木箱の半分ほどを平らげてしまった。一口食べるごとに、身体が成長していくような、そんな感覚さえあったのだ。

†

トマト会を終えて。俺は一息ついていた。

食べても食べても、全然お腹に溜まることなく、水分として循環していくような感じがあったので、満腹感は殆《ほとん》どないのだが、充足感と心地よさがそこにはあった。

「ふう、美味しかった。育ててよかったなあ」

シアも、満足そうな表情で言う。

「ホント、２週間、頑張った甲斐《かい》があったわね！」

「そうだねえ。皆して、刈りまくったもんね……」

その苦労に見合う味と幸福感だと思う。また、竜の二坪のデータも取れたのも嬉しい。

……10年が２週間だから、普通の畑よりも２００倍以上は早く育つ、ってことかな。

まだ作物一つだけのデータのため、本当にそれが正しいのかは分からないが。それでも、これを知ることができたのが大きい。

それを気付かせてくれたという意味でも、このトマトは、素晴らしい作物だ。

そして、思うのは、

「これ、屋敷の皆にも食べてもらいたいな」


二週間の間、頑張ったのは俺達だけじゃない。屋敷で俺を助けてくれた皆にも分けたい。そう申し出ると、

「良いんじゃない。私たちだけで独占するものじゃないしね」

「主の思うがままにするのが良いです」

「ええ。人の手で調理したエルフのトマトってのも、面白そうだしね。美味しかったらアタシにも頂戴。適当にその辺りに風を吹かせるから乗せてくれれば味わうし」

「あ、エウロスだけずるいわよ！　そうなったら私も食べるからね！」

みんな、そう言ってくれた。

ちょっと食い意地が張っているが、俺も同感なので、ご愛嬌《あいきょう》だ。

だから、俺も頷いて、

「ありがとう。それじゃあ、屋敷に行こうか」

そうして、俺は、トマトの入った木箱を荷車に載せ、屋敷に戻ることにした。

†

家族で味わうには、まず調理してもらう必要がある。なので調理場に行き、そこにいた料理長やフミリスに見せたのだが、

「こ、このトマトは……一体どこで……」

「もしや、アルト様が作られたのですか？」

「うん」

「というかこの大きさ、まさか、街で話題となった『エルフのトマト』では……」

二人とも——というか、その場にいたメイドたちも驚いていた。料理長は特にだ。食材について詳しいから、街で流行った食材なども知っているのだろう。そして噂に詳しいフミリスもそれは同じようで、

「え……これがあの……?! 王都の高級レストランですら、仕入れようと躍起になっているという……!? どうやって、育てたのですか?」

10年間掛かる作物とされているから、手に入らないのだろう、と思いながら俺は答える。

「仲間たちと協力したら上手い事行ってね。味見したけれど、かなり美味しいから。皆で食べたいな、と思って」

「か、かしこまりました。責任をもって、調理させてもらいます」

そうして、調理が始まったら、幾人かの使用人がエルフのトマトの匂いに誘われて見に来たり、今まではありえない事が起きたりしたのだが。とりあえず無事に料理は完成して、その日、家族の食卓に並んだ。

夕食の場で、それをまず味わったのは、祖父と兄だ。

姉や母は最近、忙しいらしく、一緒に食事をとれなくなっていた。

二人にはあとで感想を聞くことにして、今回はここにいる面々の反応が気になっていたのだが、

「おお、これは、確かに美味いな……!」

「このトマトのソース、疲れた体に染み渡っていくようだ……! こんな素晴らしいものを育てた

とは、我が弟よ、感動したぞ……！」

　家族にとっても大好評であった。

　特に、体を動かす仕事をしている兄にはウケがよく、食事の手がガンガン進んでいた。

「今日もジン兄さんは仕事だったんだね」

「ああ。街の近くに、レベル50程のモンスターが出現してな。自警団や、街の騎士団ではどうにもならんということで、討伐に行っていたのだ」

　その言葉に、祖父も頷く。

「レベル50ともなれば、王都の騎士団でも上澄みレベル、あるいは戦闘職の高レベルでないと相手にもならんからな。よくやったぞ、ジン」

「ありがとう御座います、爺様《じいさま》。そして——ありがとう、アルト」

「え、なんで、俺にお礼を……」

「仕事の後にこうして美味いものにありつけるのは、美味いものを作ってくれる人のお陰だからな！　料理長もそうだし、運んでくれる人もそうだし、そして、素材を作ってくれた君にも礼を言うのは当然だともさ。しかも、今までに味わった事のない程の極上の美味だ！　身体も喜んでいるし、幾らでも礼を言うさ」

　兄は真っすぐそう伝えてきた。

「こっちこそ、嬉しい感想をありがとう、兄さん」

上手く料理をしてくれた料理長の腕も大きいのだろうけど。育てた作物に対して礼を言われるのは、単純に嬉しいな、とそう思った。

そうして食事を進めていたのだが、

「う……う……」

何やらそんな声が聞こえてきた。声の方向を見ると、今回の食卓に、家族以外の人物がいて、

「うおお……アルト君……君は、何処まで想像を超えてくるんだ……」

祖父と商談があったらしい、ミゲルもいたのだ。

食事の最初からいたのだが、エルフのトマトを見て、そして、トマトで作られたスープを飲んで、ずっと涙を流していたのだ。

ようやく、ここに来て喋れるようになったみたいだ。

「何やら、ここ数日、アルト君が忙しそうにしていると聞いて駆け付けたのだが、まさか、エルフのトマトの育成をして、そればかりか成功しているだなんて……。感動で涙が止まらなかったよ」

「あー……ミゲルさんも、このトマトのこと、知ってるんですね」

「当然だよ！　種を手に入れたはいいものの、誰も発芽させることすら出来ない。なのに果実は非常に美味い、という。いくら金をつんでも食いたいという、そんな作物なんだよ、これは！」

めちゃくちゃ力説された。

というか商談で来たと言っていたのは建前で、俺が育てているものが気になってだったのか。

「ち、因みにだが、どうやって育てたんだか、聞きたいが——」

「あ——、説明が長くなるので、まとめると、色々と、上手い事いきまして」

というか、説明するには、俺も知識が足りなさすぎる。

なんだか育成の早い土があって、なんだか上手くいった、としか言えないのが現状なのだ。

「なるほど。まあ、企業秘密という奴か。それをするのは当然だとも、うん！　むしろ、言わない方がいいね！　そちらの方が価値が上がる！」

なんだかいい様に解釈されたらしい。

こちらとしても、まだまだ分からない事が多い作物故、迂闊《うかつ》な事は言えないというのも間違いないし。

これはこれでいいだろう。というか、

「まだまだ、このトマトのことは調べたいんですよね。種がどうしても、植えた時のものにならないので」

そちらの方が気になった。

エルフは、どうやって、この種を作ったのだろう、と。

そういうと、ふむ、とミゲルは頷き、

「アルト君。トマトはまだ、余っているのだろう？」

「え、ええ。木箱一つくらいは」

「それは、売る気はあるのかな？」

言われて、思う。

……売る気はあるけれど……。

10年経たないと収穫できないトマトが、急に採れました、と言って売れるのだろうか。若干怪しい気もする。なので、

「売る気はあります。ただ、なぜ高速で育ったのか説明が上手く出来ないので、販路が難しいとも思っていますね」

思うままに言うと、ミゲルは、大きく頷いた。

「よし分かった。——近く、交易ギルドの役員議会があるんだが。一緒に来ないか？　そこでならこのトマトも、高値且つ内密にさばけるだろう。矢面に立つのが怖いなら、君の正体は秘密にしていい。私が代理人として窓口となろう」

「窓口に……良いんですか？　あまりミゲルさんに得がない気がしますが」

「君の信用を勝ち取れるだけでも得だとも！　それに、君はまだ気になる事があるのだろう？　ならば、そこで情報を拾えるかもしれないし、情報収集に集中して貰った方がいいだろうと、そう思うのさ！」

「は、はあ……。でしたら、そうですね。是非、行かせてもらえればと」

「決まりだ！　いやはや、こういう逸材を見ると、商人として、気合いが入るねえ！」

と、ミゲルは目を輝かせながら言うのであった。

†

次の日の朝。

昨日の食事を終えてから、色々とミゲルと話をしたのだが。

役員の会議は明日の夜行われるとのことで。

迎えは明日の午後に来るそうだ。

なので今日は普通に過ごそうと、日課のトレーニング——屋敷の中庭に出て、重めに作られた剣の素振りをしようと思ったのだが、

「……軽い？」

明らかに、手にした剣が軽く思えた。

戦闘職で有名だからか、グローリー家には筋力トレーニング用に重く厚く作られた剣がある。全

く鍛えてない人だと一度振るのにも苦労するものだ。

……今の俺でも、筋肉はついたけど、こんなに軽く使えるほどじゃなかった気がする……。

少なくとも昨日までは、もっと重さを感じていた筈だ。

なんだろうか、と思っていると、

「おお、アルトもトレーニングか！　精が出るな！」

兄が小走りでやってきた。

「あ、ジン兄さん。走り込みですか」

「ああ！　昨日、夕食を食ってから体が軽くて軽くてな！　今日も調子がいい。朝は、汗を流すには持ってこいだからな」

と言って、屋敷の中庭から、外に向かって走り出した。

一歩で数メートルを進んでいく加速度をしている。

兄は元々、素早いので、驚きは少ないが、それでも、

……今日は一段と素早いなあ……？

気合いが入っているのだろうか。ともあれ、そんな疑問を得ながら日課のトレーニングを終えた俺は、シアと共に農場へ赴く。

今日も開拓だ。

一個の収穫物が終わったからと言って、まだまだ買ってきた作物の苗は育ち切っていないし、耕してもいない土地はまだまだある。

城の瓦礫が残っている場所もあるし。

……地道に、ちょっとずつでもやっていかないとな。

そう思って、鍬《くわ》を振るうのだが、

「……？」

地面を耕しても耕しても、いつもより疲れがこない。

鍬が、軽いし、土だって簡単に耕せる。

ハンマーで、地中の岩や、硬い瓦礫を砕く作業もしているのだが、それすらも、いつもより楽だ。


……この感覚は……？


近いものを、一度味わったことがある。

一気にレベルが上がり、一気にステータスが上がった、あの時の感覚だ。

……その時よりも数段弱めというか、気持ち悪くはならないほどだけど……。

ただ、もしかして、と思ってステータス表を広げてみる。すると、

【《羊飼い》アルト・グローリー　レベル３６０】

筋力　　　Ａ（＋Ｄ）
知力　　　Ｄ（＋Ｄ）
魔力　　　Ｄ（＋Ｄ）
体力　　　Ｃ（＋Ｄ）
異常耐性力　Ｃ（＋Ｄ）

と、見慣れないものが、あったのだ。

レベルが３６０になっているのは、トマトを育てる際に現れたモンスターを倒し続けたからだ。

他のステータスも別にいい。

先日、チェックしたのと変わりない。

問題は、（＋Ｄ）のところで、

「なんだこれ……」

見れば他の能力値にも、（＋Ｄ）という記載がなされている。

「シア、＋ってあるんだけど」

そう言うと、あー、とシアは空を見上げ、

「補正が足されてるのね。因みに、私も、補正が加わって、体が軽い感覚はあるけど」

「補正……というと……」

「ええと、『ステータス増強ポーション』ってあるんだけどね？　知ってるかしら？」

「あー……主に戦闘で使われる奴だよね。能力補正の底上げっていう」

薬屋で売っているのを見た事がある。対モンスターとして使ったり、軽いものだと日常的に使うこともある。

例えば、鍋の振り過ぎで肘を痛めていた料理長が飲んで、手首の力だけで鍋を振っている姿も見た事がある。

まあ、料理長はその後、祖父に無理をしている所を見つけられて、治るまで無理やり休暇を取らされたりしていたのだが、それはともかく、

「それに近い効果がある、と」

「そうね。ポーションは、出来にもよるけど、＋Dは結構強めね。買うと高かった筈よ」

彼女の言う通り、ポーションは補正能力の高さによって値段が変わる。＋Gのポーションでも、およそ高級レストランで三食の食事が出来るだけの価格になるはずだ。

更には、１段階上がるごとに、値段も上がっていった。

……効果が非常に強くなる＋Ｃ以降は、とんでもない値段がすると薬屋の店主さんから教えて貰ったっけ。

馬車が買える、とか家が建つ、とか、そういう価格になるらしい。

そして普通は、筋力用だったり、体力用だったりと、各ステータスごとに違うポーションが必要だったはずである。

「この全部のステータスに＋Ｄは大分破格だよね」

「ええ。それに、一般的なポーションは、ほんの数十分から一時間くらいしか効果がないんだけど」

「一時間……何も食べてないけどなあ」

水は飲んだが、それくらいだ。

つまり、一時間以上前に何かしらを摂取した効果が残っているという事になる。

一時間以上前だとすると、朝食のパンを食べたっきり、特に何も口にしてはいない。

パンはとても美味しかったが、＋の補正を与える事は今までなかった筈だ。

その以前で、思い当たる原因としては、

「昨日のエルフのトマトのせい、かなあ?」

印象的なのはそれだ。

「かもしれないわね」

「あるいは、料理で使った食材の組み合わせの効果か。魔王城で育てた作物が全て、+補正を与える——って事なのかもしれないけど。芋を食べた時は普通……だった気もするし。いや、ちょっと体は元気だったかな?」

「そんな気も今にして思えばするかもね」

芋の場合は、単純に栄養豊富なものを食べて体が元気になった、という可能性もある。

毎度毎度、料理を食べた後、ステータス表を見ている訳ではないし。

微弱な補正であれば気付かずに過ごしていても仕方はない。

「トマトが特殊で、ポーションみたいな効果が強く出ているのか、魔王城で育てた作物の全てに補正ポーション効果があるのか、あるいは、ここの竜の二坪が特殊なのか、ちょっと調べる必要はありそうだね」

魔王城産の作物と、普通の作物を食べ比べたりして検証をしてみよう。

とりあえず、簡単に出来る検証として、夕方にエルフのトマトを食べて、翌日まで普通の食材で過ごしてみた。

すると、翌日の昼前には＋の補正は無くなっていた。

どうやらこのトマトの場合は、食べてから半日強、ステータスに＋Dの補正が働くようである。

生で食べた場合と料理した場合でまた変わるかもしれないし。

単一の食材で食べることなどあまりないけれど、他の作物についても、出来る限り調べたいところではある。ともあれ一番思うのは、

「美味しいものを食べて、体にもいい影響が出るっていうのは、ありがたいなあ。食べてトレーニングをすれば、もっと体力も筋肉もついていくってことだし」

開拓は力仕事だし。

フィジカルはいくらあっても困らない。

この魔王城跡地では予想外な事ばかり起きるが、日々、新しい事が見つかって、検証していくのは、楽しい限りだ。

第五章　作物を売りに行った先で

「さて、アルト君。今日は楽しい楽しい会議の日だよ！　いっぱいお金を稼ごうね！」

「ミゲルさん、本当に楽しそうですね……」

俺はミゲルと共に、リリーボレアにやってきていた。

今は、交易ギルド近くにある喫茶店の個室で打ち合わせという名の、雑談を行っていたのだが、

「どうしたんだいアルト君。そんな難しい顔をして」

「いやまあ、単純に、俺がここで、何をしていいか分からないので、不安でして」

割と勢いでここまで来てしまったが、特に何の方針も決まっていないのだ。

あまりに心がふわふわしているので、馬車の中では落ち着くために膝の上でくつろいでいた犬状態のシアを撫《な》でまくるレベルだ。

「私は別にこのまま撫でられ続けるのは悪くないけどねー」

シアは、などと言って、もふらせてくれていて優しい事ではある。というか、いつも以上に機嫌が良い。今は、街の中故、人の姿になっているが。

「この街のお菓子も中々美味しいわねえー」

と、美味しそうに喫茶店のお菓子を食べている。その姿を見ると、少しほっこりするので、これ

また不安対策にはなる、とは思いつつ、

「とりあえず、今は頭がこんがらがっている状態です」

そんな風に言うと、ミゲルは、首を横に振った。

「大丈夫大丈夫。私に任せておけば何も問題ないさ。というか、別に、アルト君は、会議に出なくてもいいんだしね」

「そうなんですか？」

「そうだとも。トマトを幾らで売るだとか、相場は幾らだとか、そういったことは私に投げてしまえばいいんだ。情報収集が目的なのであれば、私が役員どもの持ってる情報を上手い事聞き出すし。それ以外だったら、受付経由で、色々聞いてもいいんだしね」

なるほど。確かに、金額の交渉などを考えるよりも、情報収集という目的に集中したほうが、効率も良さそうだ。

「そうしたほうが、良いかもしれませんね」

交渉は勉強してはいるものの、未だ不慣れだし。今後の為に、ミゲルのやり取りを見ておくのも良いかもしれないが、

……それよりも今は、このトマトの種がどうなっているのか、の方が知りたいしな。

俺は傍らに置かれた木箱を見る。中には、大きなトマトが15個ほど入っている。

これらを使い切ってしまっても、倉庫に貯蔵してある種は幾つかあるのだが、それでも幾つか、だ。

定期的な収穫を狙えるほど、数はそろってない。

それ故に、まずは情報だ、と頭を切り替える。

「ありがとうございます、ミゲルさん。とりあえず、方針は固まりました」

「ふふ、力に成れたのであれば幸いだ。——さて、そろそろ交易ギルドに向かうが、今のうちに、木箱から、5個ほどを貰《もら》えるかい？　こっちのケースに収めるからさ」

ミゲルが見せてきたのは、鍵付きの木箱だ。中にはクッションが仕込まれており、柔らかいものを包める仕組みになっている。

「全部売らないんですか？」

「最初に全部を見せてしまうと、ちょっと勿体《もったい》なくてね。希少性は価値になる。……この後、ギルドでの事を、見ていてくれ！」

†

トマト入りのケースを抱えたミゲルは、交易ギルドの受付に向かってツカツカと歩く。

混む時間帯を僅かに過ぎたため、並んでいる人はほぼいない。

ただ、自分の用事を終えた客が、買い物のためにギルド支所の中に結構な数残っている。良い時間帯だ、と思いながら、ミゲルは、受付の前まで行き、

「おはよう、セリネ君。会議に出席しにきたよ」

懇意にしている受付嬢の前にケースを置きつつ、声をかけた。

「おはようございます、ミゲルさん。……それ、今日の会議に出す品ですか」

「うん。見せなくてもいい？」

「駄目です。たまに危険物があるから、ちゃんとここで見せる様に、必要なら預かる様にルール付けされていますので」

「だよねえ。じゃあ、はい。今回の目玉商品はこちらだよ」

ミゲルはケースの鍵を外し、わざと大きく開ける。周りにもわずかに見える様に、体を横にずらして、だ。

そして、まず反応したのは、目の前にいるセリネで、

「こ、これってまさか、エルフのトマトですか⁉」

その声は、大きくはなかった。けれど、耳ざとい人なら聞けるようなもので、

「ああ。そうだよ。今回の役員会議で取引しようと思ってね。ルールなのでここで見せたけど、預かってくれるかい？」

言うと、セリネは焦りながら、首を横に振った。

「い、いやいやいや、こんな大事なモノ、今すぐは預かれませんよ！　ちょっとギルドの中で待っていて下さい！　準備をします！」

「おや、準備がいるかい？」

「だって、ただのトマトなら一個１００ゴールドってところなのに。以前、一個だけ競売にかけられた時、一個50万ゴールドの値段が付いていましたよね……？　もう金塊と同じですよ。そんな生鮮食品をいきなり預かれません」

「それもそうだね。まあ、とりあえず、ルールは守ったってことで。準備が出来るまで、そこで待ってるよ」

「もう……人が悪いんですから。周りもざわついちゃってますよ。ギルドの建物から、出ていかないでくださいよ。噂《うわさ》に惹《ひ》かれた悪漢に襲われても責任取れませんからね！」

「うんうん。噂が広まっているようで何よりだ。欲しがる人が増えれば、価値も上がるってものさ！」

「本当に人が悪い。というか、どこで手に入れたんですか。それ」

セリネに対し、ミゲルは、数秒沈黙して、

「ないしょ」

「変にタメるから、そう言うと思いました。……入ってくる時、グローリー家のご子息たちと共にいらっしゃってるのは見ましたけど、あんな可愛らしい男の子に、変な悪影響与えないで下さいよ」

「勿論《もちろん》、分かっているともさ。じゃあね」

†

交易ギルド入口近くのベンチに座って見学している俺とシアの下《もと》に、ミゲルは戻ってきた。

「さて、これで、売る手筈《てはず》は整ったとも」

「セシルさん、一個50万とか言ってましたけど、そんなすごい作物だったんですね……」

「そう、凄いのだとも。だからこそ、再び巡り合えた幸運と、君の存在に対して涙が止まらなかった訳だ！」

50万ゴールドともなれば、ひと月の間、不自由なく暮らせる額だ。トマト一個がそんな値段になるとは。

ちょっと特殊な作物だとはいえ、とんでもない価値が付いたものだ。

「まあ、下手に悪目立ちして、高く売りつけたりはしないので、そこは安心してほしい。恨みを買うほど馬鹿な商売はしてないつもりなのでね。万が一、目立ったとしても、私が全てその視線を引き受ければ良いんだしね」

「すみません。矢面に立っていただいて」

絶対に生産者として俺の正体を明かさないでほしい、という訳ではないのだけれども。それでも、下手な注目を浴びるのは、いい事ではないのだろうし。有難い事だ、とミゲルに礼を言うと、

「気にしない気にしない。生産者を守る。これも商人の仕事の一つさ。まあ、私は目立ちたがり屋だし。趣味と実益を兼ねていると言っても過言ではないしね！」

などと明るく言っている。

どこまで本当かは分からないが、せっかくのご厚意。受け取らせて貰おう、と思っていると、

「もし、そこの方々」


横合いから声をかけられた。

見るとそこには、弓を持ったエルフの女性が立っていて、

「……我らが開発した『エリクシルフルーツ』の果実があるとは、本当ですか？」

そんなことを言ってきた。

「えりくしるふるーつ……？」

俺が首をかしげると、エルフの女性は若干焦り顔で、

「――っと、すみません。この街での流通名は『エルフのトマト』でしたね。慌てて内輪での名前を呼んでしまいました」

と、訂正してきた。エルフにはエルフの呼び方があるのだろうか。

「ともあれ、お持ち、なのですよね？　先ほど、受付の方でそんな話が、耳に入ってきたもので」

長い耳を動かしながら、エルフの女性は言う。

それに応対するのは、ミゲルで、

「勿論、持っているとも。まだ会議前なのでね。市場には出せてはいないが……」

こっそりと、エルフの女性に見せた。すると彼女は、

「この香り、魔力……本物だ……」

と、驚きの表情を浮かべた。そして、ミゲルに詰め寄り、

「お願いがあります。可能でしたら、譲ってもらえませんか？」

「譲る、とな？　エルフの君に？」

ミゲルはそう言って、俺と目を見合わせた。

恐らく、俺と同じように疑問を浮かべたのだろう。

……種を作っていた当事者であるはずのエルフが譲ってほしいとか、奇妙な事を言ってくてるよなあ……。

何か事情があるのだろうか。だから、聞いてみる。

「必要なんですか？　このトマトが」

質問の答えは、エルフの女性の深刻そうな表情と共に返ってきた。

「はい。我が里と、同胞を、助けるためにこの果実がいるのです」

更に言葉は続き、

「そして、これも可能であれば、ですが。育てた方を教えて頂きたいのです。その方の知恵を借りたいのです。このままではいずれ飢えに陥ってしまう里を、助けるために……！」

そんなことを言うのだった。

†

ミゲルはそれを見ていた。

飢え、という言葉を聞いた瞬間、アルトの雰囲気が変わったのを。

さっきまでわずかに不安を抱えつつも、柔和なものだったのに、いきなり真剣な顔になっている。その様子に、隣にいるシアも影響されたのか、やや真面目な表情になっている。

「事情を聞かせて下さい」

声色からも、不安なものは一切見えなかった。得体の知れない人物が、自分を探しているにも拘らず、だ。

「え、えと……？　すみません、こちらの少年は……」

エルフの女性は、僅かに困惑している。

彼がトマトを育てた本人だと分からないから当然だろうが、

「アルト君。いいんだね？」

一応、聞いた。アルトは、不用意に生産者であることをアピールすることは望んでいなかったからだ。

そんなこちらの問いかけに、アルトは、頷《うなず》いた。

「俺は、この素晴らしい品種を作った人たちが困ってるなら、飢えるかもしれないというのであれば、少しでも手助けしたいです。トマトを育てたというだけで、俺がどういう役に立てるかは分かりませんが」

エルフの女性は、ミゲルの方を見てから、そしてアルトを見た。

「その話しぶりを聞くに、もしや、君が、このトマトを育てたのですか？」

「はい。俺だけの力ではありませんが。育てたのは事実です」

アルトは、シアの方を見ながらそう言った。

その言葉を受けて、エルフは、アルトの手をぎゅっとつかんだ。

「出会いに感謝を……。少年、名を教えて下さいませんか」

「アルトと言います」

「アルト殿。私は、エルフの里の守り手、デュランタと言います。どうか私と、この近くにある里まで一緒に来てはくれませんか？」

「里ですか？」

「エルフの里はあまりよそ者を受け付けないと聞くが……」

「そうも言ってられない事情があるのです。何せ、作物が育たなくなっているのですから」

「なに……？」

ミゲルは、僅かに目を見開いた。

お世辞にもエルフの里は開放的とはいえない。

今回のトマトだって、エルフ自ら売りに出向いてきたという事で話題になる位、エルフの里についての情報は限られている。

それは商人として王都や周辺諸国を行き来する自分でも同じなのだが、

……作物が育たないという話は聞いたことがない。

重ねて思う。

……トマトが必要だと言った理由はそれか……？

どういうことだろう、と考える間に、デュランタとアルトの話は進んでいて、

「分かりました。エルフの里に行くことは確定として、トマトの果実自体は、いくつ必要なんですか？」

「そう……ですね。可能であれば8個ほどあると、安心できるかと」

その言葉に、アルトは悩むことなく、こちらに視線と言葉を向けた。

「ミゲルさん、申し訳ないですが、全部は売れなくなりました。８つ以外の残りはお渡し出来るのですが、大丈夫でしょうか？」

「あ、ああ。それは別に構わないが」

アルトは、木箱の中を見た。トマトは十個入っている。

「すみません。……では、こちらをお渡しししますね」

そう言うとアルトは『エルフのトマト』を二つ取り出し、ミゲルに渡した。

「これは……どうすればいいんだね？」

「何に使うにしても、ミゲルさんに、全て、お任せします」

その言葉を聞いてミゲルは、彼の祖父を思い出した。長年の付き合いで、やると決めたら即決即断で、任せようと決めたら全て任せてくる老人の姿を。

……エディもそうだが、グローリー家の者は思い切りが良い。その気質は受け継がれているようだね。

思いながら、ミゲルは頷く。

「ともあれ、よし。任された。君は、君が望むように、動いてくれ」

「はい！　ありがとうございます！」

†

ミゲルからの言葉を受けて、俺は隣にいるシアに聞く。

「なんかとんとん拍子に話を進めてしまったけど、シアも、来るかい？」

「当然でしょ。私一人だけココに残ってても、つまんないし。アルトと一緒にいるわ」

「うん、分かった。それでは――エルフの里に連れて行ってください、デュランタさん。急ぐのであれば、直ぐにでも行きましょう」

その言葉に、デュランタは、目の端に涙を浮かべながら、

「はい。迅速なご決断に感謝します、アルト殿……！」

†

エルフの里へは、デュランタが操る幌《ほろ》馬車で行くことになった。

急いでいるようで、速度は大分早めだ。

今や街から大分離れてきた辺りで、デュランタはこちらに顔を向けてきた。

「乗り心地はいかがですか？　運転は本職ではないので、荒いかもしれませんが」

「問題ないですよ」

「それは良かった。こうして他の方を連れて行く機会は、何十年ぶりなので。そこまで離れてはいないのですが、何かあったら仰ってください」

デュランタはそう言いながら、馬車を操る。

「何十年ぶり……エルフの皆さんは、あまり人と交流を持たないと聞きますが、本当なんですね」

「ええ。と言っても我が里の面々は人間が嫌いという訳ではなく、寿命のせいで時間感覚がずれているので、問題を起こさないようにするため、というのが大体ですが。私みたいに、時折街に行く者もいますし、王都近くの里では積極的に交流したりと、里によって様々ですけれど」

リリーボレアの街に、近隣にあるというエルフの里に行くための道を知っている人は、ほとんどいなかった。

……知られていないからこそ、エルフのトマト、というのが出回ったときに衝撃が走ったのだろうなあ。

　などと思っていると、

「着く前に、これをお渡ししておきます」

　そう言ってデュランタが渡してきたのは、一枚の紙。

　映っているのは、

「農村……？」

　綺麗《きれい》な畑と花畑、そして家々が並んでいる。

　そして数人のエルフが農作業をしたり、弓の訓練をしたりしている姿が映っていて、皆笑顔である。

「数ヵ月前のエルフの里を、魔法映写機で撮ったものです」

　魔法映写機は、かなり昔に《発明家》職の者によって開発された、映像をそのまま紙に写して保存する機械のことだ。

　中々珍しい機械だったはずだが、エルフの里にもあったらしい。

　そして、気になるのは、

「この映像だけで見れば、作物は普通に育っているようですが……」

数ヵ月前の畑には、青々とした作物の茎が見えている。

先ほど受けた説明とは少し異なる様に思えるのだが。そう伝えると、

「そうですね。お渡ししたのは、元々はこうであったとお伝えするためのモノです。……決して最初から、今の里の状態ではなかったのだと」

「なるほど……？」

「……エルフの里の門が見えてきました。そろそろ着きます」

デュランタがそう言った先を見ると、林道の中央にぽつんと浮かぶように、樹木で作られた門扉があった。

扉の前には立札が立っており、

『この先エルフの里。無断の立ち入りを禁ずる』

と書かれていた。

その割に、周囲には柵等はないが、

「この先に、里があるんですか？」

「はい。門をくぐらないと、見えない結界が張られているので。見えてないだけです。匂いも感じないはずですよ」

「確かに、生活臭みたいなものもないわね。獣もなかなか寄ってこないし、いい結界ね。両脇を通ったらどうなるのかしら、これ」

「ただ弾かれるだけです。ダメージとかはないですが、人だろうが魔物だろうが、許可がない限り侵入も出来ません。許可を得れば、この門から安全に入れるのです」

門扉には様々な文様が刻み込まれているが、それを見たシアが、ぽつりとつぶやく。

「あの紋章……もしかして……」

「何か気になるの、シア？」

聞くとシアは、数瞬、考えた後で頷いた。

「うん。結構な魔力を感じるわね。見たところ、鍵か何かの役割でも持たせてるのかしら」

「あの紋章が、見えない結界の核になっていますね。エルフの里に長く住む、客人が刻んでくれたものです」

「へえ、客人が、ねえ」

シアは何やらそう言って、頷いている。

「我々住人や、力の強いものには効かないらしいですが。ともあれ、入ります」

デュランタがそう言って門扉に触れると、

――ギ

という音と共に、ひとりでに門は開いた。

そして、その先にあったものは、

「これは……？」

まず目に入ったのは、荒れ放題の畑。

そして枯れた花々と、

「その調子だ！　押し返せ！」


武器を持ったスケルトンと戦う、エルフたちの姿だった。

「あのスケルトンは一体……？」

「数週間前より近くの地中から現れ、我らの里を襲いに来ているのです」

馬車を止めながらデュランタはそう言った。

視線の先では、向かい側の柵が破られているのが見え、そこから入ってきたスケルトンたちを、十数人のエルフたちが打ち倒していた。だが、

「はあ……はあ……ま、まだ、来るぞ！」

息切れするエルフたちをよそに、十数体のスケルトンが、柵向こうから来ていた。

「今度も群れかよ。くそ……こっちはもう、体力が……」

既にエルフたちは疲れている。それが分かっているからか、

「……いけない。私も援護に向かいます」

と、デュランタが走り出そうとした。ただ、彼女よりも早く前に出た姿があった。

「このままじゃ、アルトたちがお話しできそうにないし、私が手伝ってくるわね」

シアだ。

彼女は、少女の身で走り出し、獣の姿へと変わる。

それを見て、デュランタは動きを止めた。

「え……シア殿……？　その姿は一体」

「あ、説明を忘れていましたが、彼女は俺の相棒でして。牧羊犬としていつも働いてくれているんです」

慌ててフォローの台詞を言うと、デュランタは目を丸くした。

「人の姿に変身できる魔獣、ですか……?!　それは、とても高位のものしか出来ない筈ですが……」

などと言う間に、シアはあっという間に、疲れたエルフたちを飛び越えて、前に立った。


「ま、魔獣……!?」


驚くエルフたちであるが、シアはそれを気にすることなく、スケルトンの群れに顔を向けて、

「魔王城跡地みたいに頑丈か分からないから、三割くらいで行くわよ」

大きく息を吸い込み、

「――ガオン!!」

と大きく吠《ほ》えた。

声は空気を震わせる振動の衝撃となり、一直線にスケルトンの群れに向かい――

――ドガン！

スケルトンたちに直撃し、爆発した。

それだけで、スケルトンたちはバラバラと、骨のかけらとなる。

立ち上がるモノはいない。スケルトンはいなくなった。

それを見て、シアは人の姿になる。

「ま、これくらいかしらね。『バーストハウリング』を外で使うとしたら。大丈夫、貴方達？」

少女の姿になったシアを見て、先程まで戦っていたエルフの面々は驚いている。

その中のリーダー格なのか、戦闘の指揮を取っていたエルフの男性が、シアに声をかける。

「あ、ああ。た、助かったが、君は一体……!?」

「ただの牧羊犬よ。そこにいる優しいご主人様のね」

と、シアが目線を送ってきた。

丁度、デュランタと共に駆けつけた俺に、だ。

デュランタに、エルフたちの視線が集まる。

「里姫、戻られたのですね？　しかし、この方々は？」

「こちらのアルト殿は、『エリクシルフルーツ』の果実を育てて、現物を持ってきてくれたのです。……まさかこうして、武力でも助けて頂けるとは思いませんでしたが」

その言葉を受けて、エルフたちは再び、わっと驚きの声を上げた。そして俺に聞いてくる。

「い、頂けるのですか⁉」

「あ、はい。どうぞ」

背負ってきた木箱の中身を見せながら、俺はエルフの男性に木箱ごとトマトを渡そうとした。すると、彼は、俺の手をぎゅっとにぎり、膝をつき、

「……ありがとうございます……！　このご恩は必ずやお返しを」

涙を流しながら、感謝の言葉を述べた。

「そ、そんな。大層なことでは……」

「大層なことですとも。これで、我らの食客――いえ、恩人を助けられるのですから」

エルフの男性は、そう言って、トマトを大事そうに抱きしめる。

……そういえば、同胞を助けたい、とデュランタさんは言っていたけれど。

彼が恩人と言っている、その人だろうか。と思っていると、

「おやまあ……懐かしい雰囲気がすると思ったら、君かい、マルコシアス」

背後から声が掛けられた。

振り向くと、そこにいたのは、一人の若い女性だった。

ただし、背中に千切られたような黒色の翼を生やしていた。

……天使族……？　いや、堕天使族の人？　初めて見たけれど……なんでエルフの里に……。

突然のことに疑問に思っていると、エルフの男性が目をぎょっとさせて、翼を生やした女性を見ていて、

「ピュセル様!?　お歩きになられて、大丈夫なのですか」

「まあ、このくらいはね。血と魔力のめぐりが悪いままだから、ちょっとでも動かないと死んでしまうし。――それに、久しぶりに旧知のものに会えたしね」

ピュセル、と呼ばれた彼女は、シアの方を見た。

するとシアの方も、ピュセルを見て頷いていて、

「やっぱり。あの紋章に見覚えがあると思ったら、貴女《あなた》だったのねピュセル」

「知り合いなのかい、シア」

やりとりを聞くに、昔からの付き合いのように見えるが。

「ええ。だって、この子、私と同じ魔獣だもの。伝説の魔獣と謳《うた》われた中の一体ね。転生前の知り合いってことよ」

そんな風に、気軽に言うのだった。

†

エルフの里は、柵で円形に覆われた集落だった。街と比べるとずいぶんと小さい。建っている家は木造だが、それぞれに魔法による改良が加えられているらしく、岩や金属でできている家より頑丈らしい。

そんな話を聞きながら、俺たちは、エルフの里の中でも二番目に大きな屋敷に案内されていた。

ピュセルの住まいだ。

そのダイニングにて、俺とシア、ピュセルと、デュランタがいた。

デュランタは、ダイニングの隅に置かれた、フラスコや、魔法コンロが置かれた作業台の前にい

て、エルフのトマトを大きな鍋で煎じていた。

「『エリクシルフルーツ』をミスリルの鍋で煎じる。最初は水分が多く出て、赤いトマトスープのようになるが、数十分ほど煎じ続けると、途端に液体が透明になる。これが、『エリクシルポーション』といって、重い傷や呪いによる怪我にも効く特効薬になるのです」

などと言いながら、彼女は俺から受け取ったトマト全てを煎じていたのだが、

「これが完成品です。さあ、お飲みください、ピュセル様」

「ああ、ありがとう、デュランタ」

ピュセルが、ごくり、と飲む。

半ばよりちぎれていた翼に、光が集まり、やがて光が晴れたころには、
ぱさぱさと軽く動く黒い天使の翼があったのだ。

「うん。治ったかな」

「ふう。助かったよ、アルト君。そしてシア。翼がちぎれると、体内の魔力の巡りが悪くなってね。死んじゃう所だったから」

「そんな重症だったんですね」

「私の身体を治すのは結構大変なんだけど、品種改良をしたエルフのトマトなら別でね。エルフの皆にも感謝だよ」

「何を言いますか。魔王との戦争時代、貴女が守ってくれたお陰で我々は救われたのですから。こ

れくらい当然ですとも」

どうやら、エルフとピュセルの関係は、そういう感じらしい。

シアは、彼女たちのやり取りをジト目で見ていて、

「ピュセル。貴女、戦闘能力はあんまりないとはいえ、逃げるのと守るのは得意だったでしょ？

スケルトン程度にやられるとは思えないんだけど、どしたのよ」

「いやあ、スケルトンの親玉みたいなのがいてね。それをエルフの皆と迎撃してたら、不意打ち気味にやられて。こうなっちゃったんだ。……まあ、一回追い払ったんだけど——問題はそこじゃなくてね。畑の方さ」

「畑、ですか？　作物が実らなくなっていると聞きましたが……」

「事実だよ。一縷《いちる》の望みにかけて、デュランタたちは、トマトを実らせられる人や場所を探すために、種を里の外に出したくらいだしね」

「そういう経緯があったんですか」

デュランタは頷く。

「食料が尽きたので、外部からの補給に頼るしかなく。物資を買うためにお金が必要になったのもありますが。……ともあれ、畑を見てくれると嬉《うれ》しいです」

「とにかく作物が実らない……というか、植える事もできないそうなんだが。私じゃ、農業についてては分からなくてね」

ピュセルの言葉に俺は頷いた。

「分かりました。ちょっと見てみますね」

「では、こちらへ」

†

寝床に入ったピュセルを置いた俺たちは、デュランタに案内されて、エルフの里内にある一番大きな畑に向かった。

その畑は話に聞いていた通りではあるけれど、

「何の草も生えてない……」

作物はもちろん、雑草すら生えてない。緑色の一つもない、畝《うね》だけがそこにあった。

「魔法映写機で見せた畑がこれなのです。数ヵ月前までは、様々なものを育てていたのですが……」

今の姿からは、そんな様子を想像することは出来なかった。

……何が起きればこうなるんだ……？

思っている間に、デュランタは、畑横の小屋から一つの袋を持ってきた。

袋の中には、エルフのトマトの種が入っている。

「ご存じだと思いますが、これは、エルフのトマトの種になります」

それを、デュランタは静かに、畑に置いた。

すると、種はわずかに震えると、

――シュウウ……


と、数秒の間に、水分が取られたようにしぼみ、枯れてしまった。

「これは……異常事態ですね」

「どの作物も、こんな状態でして。育つどころか、そもそも植えられないのです」

吐息しながら、デュランタは俺たちの背後に視線をやる。そちらにあるのは、倉庫だ。

「数ヵ月前よりこの状態なので、食料が足りず。トマトの種を売ったお金で、備蓄はある程度できましたが。あくまで緊急対応ですので。作物を育てる土地が回復しなければ、里を捨てるしかない状態で」

「他の場所に畑を作ったりは？」

「一応、この里の端から端まで試しましたが――無理でした」

「木々は普通に生えているのに、おかしいわねえ」

「ですので、アルト殿。少しでもお知恵、お力を貸して頂けますと幸いです」

デュランタは頭を下げてそう言った。

「ううん。ちょっと分からない事が多いので、まずはあらましを聞かせて貰えますか？　さっきのスケルトンが関係あるのか、とかも気になりますし」

そう言うと、デュランタは、僅かに言いよどんだ後、

「そうですね。隠す様な事でもありませんし。……始まりは数ヵ月前、人間らしきモノが訪ねてきた所からです」

「エルフの里に、ですか？　人と交流を持っていなかったと聞いていましたが」

俺が聞くと、デュランタは頷いた。

「ええ。ですので、当然門番が目的を聞いたのですが、こちらを見るなり、『お前達エルフを滅ぼしに来た。この土地は我々のものだ』と言い出しまして。そして、スケルトンを地中から呼び出し始めたのです」

「単騎で侵略を仕掛けてくるとか、随分な蛮族がいるものね」

シアの言葉にデュランタは苦笑する。

「魔王との戦争が終わってある程度落ち着いたとはいえ、人同士の争いは残っている訳で、領地の奪い合いは珍しいものではないですからね。そういう手合いか、と思って粛々と対応しようとしたのですが――そいつは、己をドラゴンの姿に変えて、里を襲おうとしましまして」

言いながら、デュランタは周囲を見る。

俺もつられて視線を向けると、そこには木造の家々がある。そして、ところどころに焼け焦げた

跡も。

「もしかして里の家が、少し焼けているのは……」

「やられた名残ですね。想像以上に強く、我々だけではどうしようもなかったのですが、そこをピユセル様が体を張って助けて下さいまして。その場で討伐してくださったのですよ」

「……アイツの翼がちぎれていたのは、そのせいってことね」

シアの台詞にデュランタは頷く。

「ともあれ、厄介なドラゴンは倒され、残ったのは、奴が呼び出したスケルトンの大群でした。それを処理しているのが今、ということなんですが。……作物が育たなくなったのも、その襲撃があってから、なのですよね」

「関係あるかはまだ分からないけれど、時期的には被っている、ということですね」

「はい」

言われ、俺は頭の中で情報を整理する。

現状、この里で作物が育たなくなっているのは間違いない事実だ。

……トマトは、ウチの畑だと普通に育ったわけだし。街の商人の話を聞いても、10年掛かるのであきらめただけで、すぐに枯れた、っていう話は一切なかった。

「つまり、種そのものには問題ない、筈なんだよなあ」

別に、里の植物全てが枯れているような異常事態ではない。ただ、畑で作物が育てられなくなっている、ということらしいが、

……植えた瞬間から、植物の声が何も聞こえなくなるんだよなあ。

自分の動植物対話で感じられるのはその辺りだ。

……問題があるのは土なのかな？

ならば、自分よりも判断が出来る人を呼ぶのが一番いいだろう。

「すみません。ちょっと、仲間に聞いてみたいんですけど、呼んでもいいですか？」

「呼ぶ……はい。この際、手伝って頂ける人が増えるのは構いませんが。どこにいらっしゃるのですか？　迎えを出しますが……」

「あ、いえ。迎えは大丈夫です。ここに召喚するので。出てくるのは人ではないですが、味方なので安心してください」

「ふむ、かしこまりました。……しかし、アルト殿は、《召喚士》だったのですね。作物を育てられたと聞いて、勝手に農業系の職業者だと思っていましたが」

「いえいえ、合ってますよ。俺、羊飼いなので」

言った瞬間、デュランタの表情が固まった。

「え……と……？」

「ともあれ、呼びますね。【来たれ：アディプス……！】」

俺は、アディプスを呼んだ。

指輪が光り、地面に魔法陣が生まれ、ベッドと共にアディプスが出てきた。ナイトキャップを被った彼女は、こちらを見て、

「ふわあ……なんです？　今日の魔王城の畑の見張りは、スライムたちに任せるって話でしたが」

眠たげな彼女は、そんなことを言ってくる。

「ゴメン、ちょっと力を借りたくて」

「まあいいです。この前美味しいものを食べさせてもらいましたしね」

などと言って、こちらに寄ってくる。ありがたい事だ、と思っていると、

「え……？　羊飼いなのに、こんな気軽に魔獣召還を行えるのですか……?!　しかも、人語を解せるほどの高レベルな方を……!?」

デュランタが目を白黒させて驚いていた。

隣ではシアが胸を張っていて、

「ふふ。凄いでしょ。私がみっちり教え込んだからね！」

シアは嬉しそうだ。彼女に教えて貰ったことだし、それで喜んでくれるならこちらとしても嬉し

いが。ともあれ、

「アディプス、協力してほしいんだけど。この土、どうなってるか分かる？　作物が育たないって話なんだけど」

「ああ、そういう事ですか。ちょっと触れますね」

アディプスは、そう言って、土に触れた。

そして、目をつむり、数秒。

「なるほど」

頷いて、こちらに目を向けた。

「ここの畑、もう使えないですね。土に呪いが掛かってます」

そして、そんなことを言うのだった。

†

アディプスの言葉に、まず反応したのはデュランタだ。

「呪い、とは。それはどういう事ですか？」

「この土地、魔力が残っていませんです。土地そのものに、魔力が抜ける呪い、とでも言いますか。それが掛けられてますね。これでは肥料を蒔《ま》こうが土を入れ替えようが厳しいです」

「そんな……。魔力は作物の育成にとって、大事な要素ですよ……」

「確かに、近所の農家のおじさんも、言っていましたね」

魔王城跡地で農業を始める際にアドバイスされた。

魔力が無くても育つ草花がないわけではないが、ほとんどの作物——野菜においては、作るために魔力と栄養は必須であると。

……そして、魔力が土からなくなるなんて、普通はないことだ。

同じ場所で何も手入れをせずに作物を延々と育て続けたら魔力は枯渇しちゃうだろうね、とその農家は言っていたが。

丁寧に畝を作っている所を見るに、目の前の畑はきっちり手入れされている。

それ故に、他の原因がある、と言われたら頷ける。

アディプスはさらに言う。

「呪いは里全体に広がっていますね。感じる限りでは、里の周囲までカバーされてしまっているかと」

「そんなに広いのですか⁉　道理で近隣で新しく畑を作ってもダメだった訳です……」

「何かここ最近で変わった事はないです？　この畑を中心に呪いが広がっているように見えますけ

ど」

「最近で変わった事……それこそ、スケルトンを引き連れた、竜の襲撃ですかね。この広場で、ピュセル様が竜を砕いた事は記憶に新しいですが」

「打ち砕いたということは、血はここに落ちたんです？」

「ええ。文字通り、バラバラに砕かれましたので。ここに竜の血はまかれていますね」

「それが本当に竜だとしたら、竜の血液による土の強化がなされている筈です。アルトの畑に近い事になっている筈です」

「アルト殿の……？　ま、まさか、アルト殿も竜を倒された事があるのか……？」

デュランタは驚きの目を向けてくる。

「ええ。まあ。俺が、というより、シアがなんですが。ともあれ、アディプス。竜の血が入ってても、呪いで魔力が吸い取られているって事かい？」

「幾ら呪いが掛かっていても、土には、形跡が残るです。竜の血が入っていれば間違いなくその形跡は残ります。ですが、それが全く見られません」

「ということは、ここで倒されたのは竜じゃなかった、ということかしら？」

「そうなりますね。むしろ、その竜もどきによる血肉が呪いの原因かもしれません」

「確かに。人間から竜の姿になったので。竜が人間の姿に変身していたのか、その逆なのかは分からないですが……ともあれ、普通の竜ではなかったんですね……」

「呪いは解けるの？」

「分からないですね。呪いをかけた本人を倒せば消えるものもありますし。死して呪いをかける方法もありますから」

シアの質問に、アディプスはそう言った。

その言葉を聞いて、まず反応したのは、

「つまり、この畑を復活させるのは難しい、ということかね。お客人よ」

俺達の背後にいた、白髪のエルフだ。

「里長《さとおさ》。ピュセル様のお世話をされていたのでは」

デュランタにそう呼ばれたエルフは、

「ピュセル様が『休眠』に入られたので。その際に、こちらはいいから、君たちを手伝えと言われたもので」

里長の言葉に、シアが目を細めた。

「休眠ってことは……アイツ、しばらく起きてこないわね」

「貴女は、ピュセル様の旧友の……。ということは、ご存じなのですな。あの方の特殊な『休眠』を」

「ええ。昔からアイツは何日も眠らずに動けるけれど、その代わりに一度寝たら、何が起きても、どんなことをされても、起きないのよね。たとえベッドから転げ落ちようが、それこそ自分が攻撃されてても」

　シアの言葉に里長は頷く。

「昔からなのですな。ここでも、どんな衝撃があっても起きません。最短でも24時間は眠られるので、警護だけはしております。……今まで、スケルトンの駆除に集中できるようにと魔獣除けの結界を張り続けるなど、気を張り続けていたのもあって。今回はもうちょっとかかりそうですが」

　守り続けて頂いた分、こちらのことはこちらで解決せねば、と里長は息を吐いた。そしてデュランタに顔を向ける。

「それで横から話を聞かせて貰ったのだが、厳しそう、なのだな」

　デュランタは、難しい表情をしながら頷く。

「ええ。畑を復活させる手掛かりは今の所つかめないですね。備蓄が尽きるまでの間に、どうにかしたいのですが」

　言いながら彼女が見るのは、畑の傍らにある大きな建物だ。

「あの建物に備蓄が？」

「ええ。食料や薬草の倉庫になっています。作物だけでなく薬草も育たなくなったので、人間の街に降りて買い貯めたのです」

　今も、エルフの住民によって、幾つか持ち出されている。買ったものはしっかり活用されているようだ。

「君が必死で集めてくれた食料だ。その分の時間でどうにかしたいところだが、我々はここ以外に行ける場所などないのだし。町との交流もなく、頼れるところもない。どうしたものか……」

「そうですね……」

と、デュランタと里長は悩んでいる。

そこで俺は少し、思った事があった。

だから聞いてみる。

「あの。作物を育てられる場所があればいいんですよね？」

「あ、ああ。だが、畑を作ろうにも使えそうな土地はないのだ。唯一、農作が行える土地に里を作ったのだから」

その言葉に対し、俺は頷き、提案することにした。

「だとしたら――良ければ、ウチの農園の土地をお貸ししましょうか？」

俺の言葉に、デュランタと里長は目を見開いた。

「アルト殿の農園、ですか？」

「ご自分の農園をお持ちなのですか？」

「はい。えっと……魔王城跡地ってご存じです？」

「魔王城跡地……というと、ヒトの貴族が治めている、城の瓦礫《がれき》と荒れ地しかないというあそこですか？」

魔王城は荒れ地。

対外的には、やはりそういう認識なのか、と思いながら俺は言う。

「そこを開拓して、畑を作っているんですよ」

「そんな事をなさっていたのですか⁉」

「ええ。でも、広くて一人じゃ使い切れていないので。作物が育つ速度も中々速いので、管理も大変でして」

実際、召喚した子たちの力で大分カバーは出来ているものの、一人で広げるには限界があった。耕すだけ耕しても、そこから作物を植えたり、水をやったり、土地の面倒をみる人手は圧倒的に足りていないのだ。なので、

「土地ばかり余らせていても勿体ないなってところだったので。この里で畑作業をされている方はどれくらいいますか？」

「農作業を本職としているのは、十三名ですね」

「でしたら、全員入って貰っても大丈夫ですので。結構遠い所にありますが、宜しければ使って貰えればと思うんですが……」

もしかしたら里から離れる事を嫌がるかもしれない。そう思っておずおずと問うたのだが、

――ガシッ

と、俺の手をデュランタは力強く握った。

「是非、是非、お願いしたく思います……！」

そう言って、こちらに頭を下げてくる。

どうやら、好意的に受け止めてくれたようだ。

「エルフを受け入れてくれる方は、中々おらんが、有り難い事だ。里長としてもその申し出、受けさせてほしい。よろしくお願いする」

「いいえ、こちらこそよろしくお願いします。これで、作物を育てる土地問題は解決ですかね」

「ええ。次の作物が育つまで、三ヵ月かかるとしても、備蓄で何とかなるでしょう……」

デュランタは備蓄倉庫を眺めている。その目には涙が溜《た》まっている。


……エルフは自給自足を主とするっていうもんなあ。

そんな自給自足のポリシーを破って、人間の町で食料を集めるくらいだ。

彼女らにとっては、作物が育たなくなるのは死活問題だったのだろう。

そんなデュランタに、里長は礼をする。

「デュランタ、ありがとう。備蓄を集めるばかりか、里を救ってくださる御方まで連れて来てくれて。どうにか里も生き永らえそうだ」

「私のやったことは些細《ささい》な事ですよ里長。アルト殿の心遣いあってのことですから……！　――本当にありがとうございますアルト殿。これで一つ、安心できます」

デュランタは、改めてこちらに礼をしてくる。

土地を貸すと言っただけで、ここまで喜ばれるとは。

「良かったです。それで、どうします？　いつから農場の方にお越しになられますか？」

聞くと、デュランタは頷いた後、畑の近くにいるエルフたちを見た。

「そうですね。準備なども必要ですが、私だけ先に下見をさせて貰えればと思いますので。この後、街へお送りしますので、その後に案内して貰えればと」

「分かりました。それじゃあ、今日の所は一旦帰還ですかね」

「はい。……里に来てもらって、大したもてなしも出来ないままなのは、心苦しいですが。……この恩は必ずお返しさせて頂きます。まずは、お借りした農場での労働力として、何でもお手伝いしますよ」

デュランタは、冗談半分ながら、しかし本気の目で言ってくる。

後ろにいる里長も頷いているし。

「そ、そうですね。その時はよろしくお願いします」

言うと、デュランタは笑顔になった。

「はい。では、里の門前に行きましょうか。馬車の準備は出来ているでしょう」

と、デュランタと共に畑を離れ、俺たちはエルフの里の入り口に向かった。

その瞬間だった。


――ズドン！


背後。

空から、巨大なモノが降ってきたのは。

「⁉」

咄嗟《とっさ》にデュランタが振り向き、俺達も続いた。

先程まで俺たちがいた場所に近く、備蓄倉庫を押しつぶすような形で立つのは、巨大なドラゴンだった。そして、

「困るぜえ。折角、飢えさせて徹底的にエルフを滅ぼしているのに、こんな食い物を集められちゃあよ。『殲滅者《せんめつ》』としてのオレの目的を邪魔しないで貰おうか」

周囲のエルフたちを見て、明確な敵意を持った言葉で、そう言うのだった。

†

デュランタは、そのドラゴンの姿に見覚えがあった。

それは騒ぎを聞きつけ、駆けつけたエルフの警護隊の面々にとっても同じらしく、

「お前は……！　ピュセル様が倒したドラゴン……⁉」

そう。以前、ピュセルが砕いたドラゴンと瓜二《うりふた》つだった。

ドラゴンはその言葉に、嘲笑を返す。

「おいおい、分身を倒したくらいでいい気になるなよ。呪いを振《ふ》り撒《ま》くために、わざと弱く作ったんだからよ」

「な……」

「しかし、あの女の結界が解けてやっと見つけたと思ったら、エルフが食い物も無駄に貯めてるとか。全く、面倒になるところだったぜ。オレは短気だからよ。

「――だからまあ、様子見はもう終わりだ」

その言葉と共に、ドラゴンはバサッと翼を広げる。その両翼に生まれるのは、巨大な氷の塊で、

「『殲滅者』のオレ、ドーズが滅ぼしに来たって訳でな。まずは、消えちまいな！」

言葉と共に発射された。

「お前こそ、我らの命を繋《つな》ぐ食糧庫から消えろ……！『フレイム・アロー』！」

咄嗟にエルフ警護隊員たちは炎の矢を放つ。

生み出された巨大な炎の矢は氷を溶かし、そのまま、ドーズに向かうが、

「ふん！」

炎の矢はドーズの胸や翼に当たった。しかし、ドーズの身体に焦げ一つ付ける事は出来なかった。

「バカな……。我々の魔法は、ワイバーンにも効く炎なんだぞ……！」

「おいおい、オレは対エルフ用に調整された『殲滅者』だぞ！　エルフお得意の魔法に耐性があって当然だろうが！」

その光景を見て、デュランタは、目を疑った。

「警護隊の魔法が通じない……？」

いくら長く続いたスケルトンの襲撃があって疲れていたとしても、エルフの警護隊の魔法は一流だ。その魔法を食らって無傷だなんて。

生まれてこの方、デュランタは見た事がなかった。そうして呆然《ぼうぜん》としていると、

「デュランタ！」

近くから声が聞こえた。

里長だ。

「警護隊が耐えている内にアルト殿とシア殿を連れて逃げろ！　――あれは、殲滅者だ！」

「里長……。アレの正体を知っているのですか⁉」

里長は頷いた。

「君は五十年前は子供だったから知らんだろうが、あの竜が言っていることが事実なら……アレは魔王が作り上げた他種族殲滅用の兵器だ。

五十年前に滅びた、全ての種族の絶滅を願った狂った魔王のな」

その言葉に反応したのは、隣にいたシアで、

「そうね。そんなモノを作られちゃ堪《たま》らないから、名のある魔獣も魔王を討つ事になったわけだし。ピュセルも魔王討伐に協力した一体よ」

魔王は倒れた、と子供の頃にデュランタは聞いていた。だから、そんな兵器が存在していたとは。

「そ、そうだったのですか……」

「だが、魔王が倒れて停止したと聞いていた。まさか今なお動いているとは……！」

里長がそう言った瞬間だった。

「ぐあっ……！」

警護隊の面々が、ドーズの翼の一振りで、薙《な》ぎ倒《たお》されたのは。

†

ドーズによって吹き飛ばされた警護隊の隊長は、片膝をつき荒い息を吐いていた。

「はあ……はあ……」

やがて膝から力も抜けて、うつぶせに倒れる。

周りの警護隊員も、既に立っている者はいない。

「ははは、食わなきゃ生きていけねえ生物は大変だなあ。こんなよくわからんものの為に必死になってよ」

と、ドーズは食糧庫を、その中に入っていた物を踏みつける。

「これがねえだけで、お前らは弱る。全く、脆弱《ぜいじゃく》だな」

「く……！」

反撃したいが体が言う事を聞かない。

スケルトンたちの襲来と、食糧を節約するために食事を減らしたことによる体力低下、その上、今受けたダメージが重なったのだろう。

思わず歯噛《はが》みをしていると、

「そ、そこから、どけよ！」


背後から、エルフの少年が一人、ドーズに向かって石を投げた。

「ああん？　なんだガキが」

「母さんは病気で、お前が踏んでる薬草と、ご飯がいるんだよ！　だからどけよ！」

その言葉を聞いて、ドーズは笑みを浮かべた。

「ははっ。そうかい。どけたければ自分でやる事だな。五秒だけ待ってやるよ」

余裕の表情を浮かべるドーズに対し、エルフの少年は崩壊した食糧庫に駆け寄り、ドーズの爪を押そうとした。

「ぐ……」

が、質量差は歴然。動くことはない。

「ほらほら、どうした」

エルフの少年は必死に押し上げようとする。が、

「――！」

微動だにしない。そして、

「はーい残念」

ドーズは動き出した。

もう一本の足を、少年の真上に置くように、だ。

「メシじゃなくて、お前が潰れちまう番だな」

「あ……」

「心配するな。お前の母親とやらも、あとで同じ場所《あの世》に送ってやる」

少年が踏まれる。

……くそ！　動け、体……！

その様子を、警護隊長は見ているしか出来なかった。そして――


――ガシン！

と、鈍い音がした。

それは、ドーズがエルフの少年を踏み潰した音、ではなく。

「え……？」

珍しく里に訪れていた客人の少年——アルトが、ドーズの踏み付けを受け止めた音だった。何も持たずに、片手だけで。

†

その光景を、デュランタたちは見ていた。

「アルト殿……⁉」

先程までここに居たはずだ。

なのに今は、深く土をえぐった足跡のみがある。

……ほんの数瞬で向こうまで……？

とんでもない速度と脚力。更には、

「ドラゴンを受け止めるほどの膂力《りょりょく》……⁉　アルト殿は羊飼いの筈では……」

「ずっと鍛えてきたからね。これくらい当然出来るわ」

デュランタは、シアが言った言葉を理解できなかった。

羊飼いという職業を持つ者が、何十年鍛えても、とても到達できる力ではないのだから。

そう思っていると、

「何をぼうっとしているデュランタ。援護に行かねば……！」

自前の剣を持った里長がそう言った。

「は、はい！」

そうだ。この里の恩人が危険な場所にいるのだから。助けに行かねば、と自分も駆けつけようとしたのだが、

「ううん。待って」

行こうとする二人を、シアが手で差し止めてきた。

「シア殿？　何を……」

「今、近づかない方がいいと思うわよ」

シアは、アルトの表情を見て言った。

その表情は陰になっているが、僅かに見える。

「アルト、怒ってるから。地雷を踏まれて」

「地雷……？」

「ご飯を台無しにしたからね。外では使ってなかった、アイツを召喚すると思うわ」

†

ドーズは、自分の足元にいる異物を、その肌感覚で感じていた。

……なんだ、コイツ。人間種のガキか？

ドーズは知っている。エルフと人間は近い能力値を持っていることを。そして、自分の踏みつぶしを耐えるには、相当の人数が必要になるであろうことも。ここにそんな人数はいない。だから踏みつぶしを選んだのだが、

……かてえ……!?

踏んでいる感触は、岩山とか、金属を固めたものに近い。およそ人間の感触といえないものが、足下にはあった。そして、

「お前の食生活にどうこう言うつもりもないし、生きるために他の生物を狩るのも、生物として当たり前だ。それなら、何も言わない」

「なんだと……？」

その人間の子供はゆっくりと喋《しゃべ》りはじめた。

「だが、食い物を粗末にするのは、許しがたい」

自分の足を持つ人間の手は少しもブレない。

「それを作るのに、買うのに、運ぶのに、どれだけの人がどれだけの時間をかけたと思っている」

「知るかよ、馬鹿が！　潰れろ！」

ドーズは思い切り力を込めて足を押し付けようとした。だが、

……動かねえ……？

力を込めて潰そうとしているのに、足が下りなかった。それればかりか、

「……⁉」


ブオン！

という勢いで、ドーズの巨体は半回転し、仰向けに地面に叩《たた》きつけられた。

†

ドーズを放り投げた俺は、その足元から薬草の袋らしきものを見つけた。

潰れているが、まだ使えるだろう。

俺はエルフの子供に手渡した。

「ほら、これを持って早くお母さんの所に行くと良い」

「お、お兄さん……ありがとう……！」

そうして走り去っていくエルフの子供を横目にしながら、俺は起き上がるドーズの姿を見た。

血走った目で俺を睨《にら》みつけている。

「人間如きが調子に乗りやがって！」

そして叫ぶように、ドラゴンは魔法を行使した。

「『アーマード・アイスファング』……！」

魔法によって、ドーズの翼は、禍々しい色の氷でコーティングされた。

その氷は鋭利らしく、近くにあった崩れかけの建物に触れた瞬間、いともたやすく切り落とした。

「人間種はオレの担当じゃねえが――滅ぼしてやる！　この鋭さと質量でな！」

狙いは俺に変わったようだ。

ジリジリと迫ってきている。

だから、俺もそれに応じるように動く。

「魔法は効きにくいんだったな」

とても貴重で、素晴らしい作物を作り出そうとするエルフを滅ぼそうとするものを、倒すために。シアから教わった事を、発揮するために。
　俺は掌を天に掲げる。

「……【来たれ：剛柔なる鋼の軍団長：ハバキリ】……！」

　瞬間、指につけられた指輪が輝き、

　――ズドン！

と、天から一振りの剣が降り落ちた。
瞬間的な事に、ドーズはバックステップを踏んだ。
「はん、不意打ちなんて受けねえよ！」
ドーズは血走った眼をしながらも、こちらの行動を警戒していたようだ。
落ちてきたのは、刀身はおよそ30センチ程。
片刃で、ナタともいうべき剣だ。

普段は草刈りで使っているそれは、地に刺さるなり、僅かに煌《きら》めいた。

そして、刀身から、半透明な男性の姿が浮き上がる。

筋骨隆々な体をした男は、しかし顔をしょぼしょぼとさせて、また肩も落としていた。

「アルト坊主……。また草刈りか？　斬り応えがないから、ワシ、ぜんぜんテンションが上がらんのじゃが……」

「違うよ、ハバキリ。今回の獲物は、ドラゴンだ」

「ドラゴン……？」

半透明な男性――ハバキリは、振り返り、ドーズの姿を見た。すると、しょぼしょぼしていた顔が、笑みに変わる。そして表情も生き生きとしたものに。


「ハハ、いいのう！　――テンション激上がりじゃなあ！」


瞬間、刀身が伸びた。

30センチほどのものから、３メートルほどの大剣へと変化したのだ。

俺は、それを握って、肩に担ぐようにして持つ。

それを見てドーズは、せせら笑う。

「ちっ、どこから出したかしらねえが、そんなデカい剣、テメエみたいなチビガキが振り回すんだ。どうせ魔法の剣だろ！　俺に魔法が効くかよ‼」
そして、ドーズは翼を広げ、
「今度こそ潰れろ！」
俺に向かって叩きつけてきた。刹那、
——ザン！
と、ドーズの翼は断ち切られた。
俺の手にあるハバキリによって。

†

警護隊長は、住民を避難させながら目の前の光景に、驚愕《きょうがく》していた。
ドーズの翼に、炎の矢も通用しなければ、矢も剣も、刺さらなかった。
魔法で強化しようがしまいが、どちらも効かなかった。
氷で強化したのであればなおさらだ。
だが、目の前の少年は、大剣を軽々と振り回し、一太刀で、その翼を切り落とした。
ドーズも予想外だったのか、目を見開いている。
「その剣は、魔法じゃねえのか……⁉」

その答えとして、警護隊長は音を聴いた。

剣に宿る精霊なのか、少年の背後でケラケラ笑う、半透明な男性から発せられた声を。

「おう、ドラゴンさんよ、斬り殺す前に自己紹介しちゃる。ワシゃあ、テンション次第で伸び縮みするだけの剣でな」

少年が、剣を振るう轟音《ごうおん》を。

「振るう力も技術も坊主持ちじゃから。——思う存分、ワシの刃にお前の斬り応えを味わわせてやってくれ！」

そして、警護隊長は目にした。もう片方の翼を切り裂く、少年の姿を。

†

シアは、巨大な剣を振り回し、ドラゴンの翼を両断したアルトを見ていた。

「ほらね、行くと危ないでしょ、あれ。しゃがんでないと巻き込まれるんだから」

デュランタは目を見開いている。

「あ、あの剣は一体。召喚されていましたが……」

「あれって私が所有している軍団長の一つで、私が口にくわえて使ってた奴なのよ」

「伝説の魔獣が持っていた武器ですか……⁉」

「そうなの。でも、私が使うよりもアルトが使う方が相性がいいらしくてね。というか良すぎるみたい」

「良すぎる……とは？」

「アルト、何処で身に着けたのか分からないけど、剣を振る技術が何故か高くてね」

シアは思い出す。トマトを育てているとき、モンスターの相手をし過ぎて、彼の持っている武器が折れたため、あの剣を召喚したことを。

そして、久しぶりに召喚されたハバキリが、初めて使われた瞬間を。

「ハバキリがノッちゃって、めちゃくちゃな切れ味を出すのよ。それを、あの身体能力で振るうんだから」

シアは見ていた。

ドラゴンを圧倒する、アルトの姿を。

「私が振るう以上に、とんでもない力を発揮するのよね」

†

薬草を渡されたエルフの少年は、警護隊長に母親を背負ってもらった状態で避難しながら、それを見ていた。

……僕より少し大きいだけのお兄さんが……。

人間であるから年下かもしれない——少年がドーズという巨大な竜を相手に真っ向から戦っているのを。

ドーズの攻撃を掻《か》い潜《くぐ》りながら、大きな剣をふるい、あれだけ堅かった竜の鱗《うろこ》を簡単に切り裂いている。

「くそが！　テメエの相手をしてる間に、エルフが逃げちまうじゃねえか……！」

ドーズの目が、僅かにこちらを向く。

「……っ！」

そして氷の弾丸を空中に作り出し、放ってこようとするが、

「よそ見している余裕があるのか」

こちらに放たれる前に、少年は氷弾を切り落とした。さらに、返す刀でドーズの腕も斬る。その衝撃は、ドーズの体を弾くほどだ。

「ぐおおお……！」

ドーズは、吹っ飛ぶように地面を転がる。竜と少年の体格差は、数十倍もあるというのに、力負けするどころか、吹き飛ばしている。

……お兄さん、凄い……！

先ほどまで悔しさと恐怖が滲《にじ》んでいたエルフの少年の目には、今、驚嘆と憧れが浮かんでいたのだ。

†

ドーズは圧《お》されていた。

……なんだ！　なんなんだこいつ！

目の前にいたのは踏みつぶせるような大きさの、それも非力な人間種の子供だった筈だ。

ただ、エルフを滅するついでに、殺してしまえるような何てことない存在だったはずだ。なのに、

「オレの鎧《よろい》が、体が斬られているだと……！」

目の前の子供が振るう剣は、こちらの翼を、氷の外皮で固めた手足を、体を的確に切り裂いてきていた。

大剣を持っているのに、動きは素早い。さらには異常なまでの剛力だ。こちらの爪は受け止められ、氷弾も弾かれる。ならばと思って、尻尾の薙ぎ払いをするも、

……かわしやがった！

間合いを見切っているのか、鼻先で避けられ、手にした刃で斬ってくる。

どれだけ大きく動いても、まったく意に介さず攻めてくる。

……こいつ、自分よりでけえやつと、戦い慣れていやがるのか……！

ドーズはそう思っていると、人間の子供がポツリと呟《つぶや》いた。

「斬っても斬っても、まだ元気そうだな」

剣の精霊が言葉を返している。

「とにかく全部、削りとっちゃろうじゃねえの、坊主！　いつも雑草にしてるみたいによう！」

「雑草扱いだと……！　くそが！　いい気になるなよ！」

ドーズは、即座に魔法を展開する。

もはや、エルフを滅ぼすために力の温存などと言っていられない。

全身全霊をもってつぶしてやろう。その気をもって、魔力を放出する。

「俺の力は、ここからだ！　――クリエイト・アイスドラゴン‼」

空中に魔法陣が浮かび、そこから生み出されるのは、氷でできた自分の分身だ。

「竜が、もう一体だと……⁉」

彼方でエルフが驚愕の声を上げるのが聞こえた。

それにドーズは笑みをもって返す。

「分身と氷結魔法のあわせ技だ！　いくら素早かろうと、一帯を一気につぶして凍り付かせれば、問題ねえだろうよ！」

さらに、自分の斬られた翼を、氷で補強することで、攻撃範囲を広げた。

自分と分身、二体分の質量で辺り一帯をすべて押しつぶす。

今、人間の子供は足元で剣を構えているが、

「もう、逃げられねえぜ！」

最初のように受け止めようものなら、その時点で横から分身が攻撃をする。それで、この戦いは終《しま》いだ。そう思っていた。その瞬間、

――ガオン‼

そんな咆哮《ほうこう》が響いた。

方向は己の横――分身のいる方から。そちらを見ると、

「……な……？」

作り出していた、氷の分身。

その胸元が、円形にえぐれていたのだ。

……先ほどの咆哮のせいか……⁉

分身に開いた穴の向こう。

そこには、一人の赤毛の少女が見えた。

「エルフの避難が終わったから、手伝いに来たわよアルト」

「ありがとうシア」

「オレの氷を、声だけで砕いただと……⁈」

その声に、少女は笑う。獰猛《どうもう》な笑みで。

「当然でしょ。竜が作った氷ごとき、私が砕けないはずないじゃない。さあ、あとはアルト、お願いね」

†

上空で氷の分身が砕かれた。

残るはドーズだけだ。

俺は剣を大きく振りかぶる。

構える俺に対して、シアの声が響いた。

「殲滅兵器の弱点は胸元。心臓の中にある魔石よ」

「分かった。助かるよ、シア」

どこを斬っていいのか分からないから、手当たり次第に斬っていたのだが、弱点があるのなら話が早い。

「行くよ、ハバキリ」

「思うままに斬るといい、坊主」

俺は強く一歩を踏み込み、横に構える。

ハバキリから教わった、彼の威力を発揮できる技を振るうために。

「人間ごときに、オレが負けるかよ！　――フリーズ・ミーティア！」

対しドーズは、巨大な氷弾を胸前に作り出し、叩きつけてこようとする。だが、

「腹いっぱいに、鋼の一撃を喰《く》らえ」


それより早く、俺はハバキリを振るう。

その技の仕組みは単純。

振られる最中に、ハバキリが長く、大きく伸びるというもの。

魔法ではない、物理的な一撃。

それによって得られるのは、高速で振られる巨大な剣の一閃《いっせん》。ハバキリによって名付けられた技名は、

「都牟刈《つむがり》……！」

伸びた刀身は、そのまま氷弾にぶち当たり、一瞬拮抗《きっこう》する。だが、

「く、そがあああ……！」

――キイン

という音と共に、氷弾を砕き、さらにはその奥にあるドーズの胸元を薙ぎ払った。

「お、オレが、人間ごときにぃぃぃ……！」

胸元を両断されたドーズは、そんな声を最後に、地面に倒れ伏す。

そしてそのまま、肉も血も残さず、ドーズは、塵《ちり》となって消えていくのだった。

†

ドーズが塵となって消えていくと同時、氷によって作られた分身も砕けて、わずかな煌《きら》めきを見

せた後、水すら残さず消えた。

あとには、割れた魔石のみが転がっている。

「終わったみたいね、アルト」

隣に立ったシアはそう言った。

すっかりテンションが収まったハバキリを、召喚元に返しながら、俺は彼女に聞く。

「普通のドラゴンだったら骸《むくろ》が残るけど、違うんだね」

「ええ。殲滅兵器として作られたものが死ぬと、核となっていた魔石が残るだけだから。倒せた証とも言えるわ」

「そっか。許容できない相手だったし、いまだに許せないけど。倒したのだから弔うくらいはしたかったのだけど。……体も残らないって、何だかもの悲しいね」

エルフを、一つの種族を滅ぼそうとして、やったことは絶対に許容はできない。けれど、目の前に残った魔石だけを見ると、もの悲しさが少しある。

「優しすぎるわよ、アルト。他種族の絶滅をプログラムして作られたものだから、倒されるまでずっと被害を出してくる輩相手なのに。……まあ、そんなやつ相手でも、思いやれる、そこが良いところなんだけどさ」

などとシアが言っていると、

「アルト様！　シア様！」

デュランタを先頭に、数人のエルフが駆け寄ってきた。また、その彼らの向こうにもエルフの里の皆がいる。避難していた面々だろうか。こちらに手を振っている。中には、薬草を欲していた少年もいて、

「お兄さん！　ありがとう！　お陰でお母さん、助かったよ！」

と、嬉し涙を浮かべて言っていた。

……大切な家族が快方に向かってくれたのは、嬉しいことだよなあ。

俺も気持ちは分かる、と思っていると、駆けつけてきたエルフの面々が、俺の肩をガッシリと掴《つか》んできて、

「あ、ありがとうございます！　食糧危機だけでなく、里の危機を救って頂いて……！　本当に、貴方《あなた》はこの里のエルフにとっての救世主です！」

物凄い熱意のこもった言葉をかけてくる。

「い、いえ。成り行きですから」

あまりの熱意に、少しだけ後ずさりつつ、話をそらすように言う。

「そういえば、呪いをかけた張本人を倒したわけですけど、畑の呪いは解けたのでしょうか？」

「あ……どうなんでしょうか」

「アディプスに聞いてみれば？　ほら、避難誘導してたところから戻ってきたし」

「あ、本当だ。おーい、アディプス」

俺は里のはずれから歩いてきたアディプスに手を振って、聞いてみる。

「なんですか。蜘蛛使いが荒いですね」

「疲れてるところゴメンね。呪いについて聞きたくて」

「ああ、まあ、それくらいなら……」

アディプスは、地面に手を触れて目をつむり、そして、すぐにこちらに振り返り、

「んーと……呪いの反応は消えましたね。魔力が吸い取られている様子もありません」

その言葉に、デュランタは目を見開いた。

「本当ですか⁉」

デュランタだけではない。ほかのエルフの農民たちも嬉しそうに笑みを浮かべた。

「我々を苦しめた呪いが、消えたのか……！」

ただ、そんな彼女たちを制するように、アディプスは続けて言う。

「消えたのは、呪いそのものだけ、です。失われた魔力が蘇《よみがえ》ったりはしません。今、枯れていることには変わりありませんよ。そこは忘れないでください」

その言葉に、俺は思わず眉をひそめた。

「元に戻ってはないってこと?」

「ええ。肥料を入れようが、土を入れ替えようが、何十年かは掛かるでしょうね」

何十年。

長い時間だ。

そう俺は思っていたのだが、

「よかった。数十年を持ちこたえればいいんですね」


デュランタは、そう言って笑顔で吐息した。

話を聞いていた農民であろうエルフたちも、同じように笑みを浮かべている。

予想外の反応に、俺は思わず驚いてしまう。横のシアは、なんとなく想像がついていたらしく、

「エルフ特有の時間感覚よ、これが」

そんな風に、若干笑いながら言っている。

なるほど。

……これがトマト関連で騒動になった要因の一つかー。

と、改めて人間との感覚の差を実感し、思わず俺は苦笑する。

「あはは……。でも、前向きになってくれてよかったかな」

「はい！　我々の寿命は長いですから。時間で解決できる、というだけでも充分な朗報なんです。アルト様に、被害の拡大を抑えて頂けましたし。それが最も難題でしたから、本当に助かりました……！」

そう言った後、デュランタは、俺のほうを見た。

「とはいえ、直近のたくわえが必要なのも確かですので。ここの畑を復旧するまでの間、アルト様の所をお借りしてもよろしいでしょうか？」

「あ、勿論です。是非使ってください」

「ありがとうございます！」

とても嬉しそうな表情で、エルフの皆はそう言うのだった。

†

エルフの里での一件が落ち着いた後。

俺はエルフの里からリリーボレアまで、デュランタの馬車で送ってもらったのだが、感覚的にはほとんど一瞬で着いた。

というのも、戦闘による疲れで眠ってしまったからだ。

「かわいい寝顔だったわよ」

とはシアの談で、起きた時には人の姿の彼女に膝枕されていたのだ。

「ゴメンね。シアも疲れてるだろうに、重かったでしょ」

「別に構わないわよ。この体でアルトの寝顔を見るのは、あんまりないんだから。しっかり堪能させてもらったから、問題なしよ」

と、やけにつやつやした顔で言ってくれた。

寝ている間に何をされたかは分からないが、ともあれ、街に降り立つ頃には、大分疲れも取れていた。

そして街の入り口で俺はデュランタの馬車を降りたのだが、

「送ってくれてありがとう、デュランタさん」

「いえいえ。これくらい何時《いつ》でもやりますとも。それと……こちらをどうぞ」

別れ際、そういってデュランタが渡してきたのは、大きな三つの布袋だ。

中からは土のにおいがした。

「これは？」

「助けてもらってばかりでしたから。せめてものお礼として、里で保管していた『エルフのトマトの種』と『エルフのクルミの苗』の詰め合わせを、先にお渡ししておこうと」

見れば、袋の中には見覚えのある大きな種や、やけに香りのいい苗木が入っていた。すべて合わせると十本以上は入っているだろうか。

「良いんですか？　こんなにいっぱい」

「もちろんです。今の里の畑では育てられないもの故。ぜひ、使っていただければと。ほかの作物の種や苗は、明日以降、私たちのほうでアルト様の農園に持っていかせていただきます」

「あ、分かりました。では、試しにやってみますね」

魔王城跡地の土と合うかも、こちらで出来るだけ試しておいて損はない。

「しかし、クルミを育てるのは初めてだけど、いけるかな……」

勝手が違いそうだが、と思っていると、デュランタが言葉をかけてきた。

「そうなのですね。クルミは果実以外にも、建築材として使えるので。とても便利な植物ですよ。林業にも使えるかと思います」

「林業かあ。やったことがないので、今度教えてもらえますか？」

「ええ！　お手伝いに行った際に、手取り足取りお教えしますとも」

「ありがとうございます。では、また近いうちに」

「はい。それでは」

そうして別れた後で、俺はふと気づいた。

「あ……。そういえば、このトマト、どうやって次代を作るか聞き忘れちゃったな」

「収穫したトマトの種の大きさは、普通だものね」

「うん。エルフの人たちが、うちの農場に来てくれた時にまた聞いてみようか」

†

リリーボレアのギルドに戻った俺は、商談を終えてホクホク状態のミゲルと合流した。

「おお、お帰りシア君。アルト君……ずいぶん服が汚れているようだが、エルフの里で何かあったかね？」

「あ、ちょっと畑仕事を手伝っただけです」

別にドーズを打倒したことを言う意味もないし、実際、畑仕事の手伝いであることは変わりないのでそう言うと、ふむう、とミゲルは頷き、

「ま、君がそう言うのであれば、そういうことにしておこうか。もう時間も遅いし、送り返さねばならんしな」

「すみません。お手数かけます」

「何を言うかね！　私は今日、君のお陰ですっかり儲《もう》けさせてもらったのだから。儲けの前では細かいことは気にしないのが、商人の心というやつだ。そして、これが君たちの分だ」

言って、渡してきたのは、革で作られた巾着袋だ。

ガチャリ、と音を立てて、俺とシアの手の上に置かれたその中には、金貨が詰まっている。

金貨一枚で1万ゴールドなのだが、明らかに何十枚も入っている。それが二袋だ。

「おお、結構な大金ね」

「えと、このお金は……？」

「すべて私に任せると言われたからね。しかと儲けたとも。私と君達とで分けて充分だと思えるくらいにね」

「こんなに、良いんですか？　俺、何もやってないんですけど」

入っている額は、ざっと見ても数十万ゴールドはある。

実家で、お金を扱っている所を見る機会はあったし、これ以上の大金を、祖父らが扱っているのを見たこともある。

けれど、自分の手にそれがあるとなると、また話とは印象が変わるのだ。

だから、本当にあっているのかと聞いたのだが、

「何もやってない？　違うよ、アルト君。君は品物を作った。これだけですでに一仕事なのに、君は私を信頼して任せたね？」

ミゲルは冷静に言った。

「商人を信頼して任せる。これも一仕事だ。君は、仕事をいくつもこなしている。そして、商人は信頼されると嬉しくなるものでね。報いたいと思って頑張るものさ。――だから君には受け取る権利があるんだ。分かったかい？」

「は、はい……。では、有難く頂戴します」

「そうしてくれたまえ。――まあ、私としても打算がないわけではない」

そう言いながら、ミゲルは、俺の背後を見る。

そこには、デュランタから貰ったばかりの袋が詰まれていて、

「もし、新たな作物が育って、さばき方に困ったときは、いつでも言ってくれたまえ。今後ともよろしく、というやつだ」

「あはは……。その時は、また相談させてください」

「うむうむ。さて、それでは、荷物を馬車に積み込んで帰ろうか。あまり長く拘束しては、君のご家族に怒られてしまうしね」

第六章　得たものを活用するための休息

屋敷に戻った俺は、祖父や兄、姉や母と夕食のテーブルについていた。

シアもお腹が空いていたのか、物凄い速度で食べている。

喉に詰まらせてはいけないよ、と、シアを撫《な》でつつ、食事をしていると、

「聞いたぞ、エルフの里に行ってきたのだってな」

祖父がそんなことを言ってきた。

「エルフたちを助けた、と聞いたが」

「はい。その縁があって、今度農園の手伝いにも来てくれるとのことです」

「おお、新しく力を貸してくれる方が来るのか⁉　さすがは俺の弟！　人望が厚くて嬉《うれ》しいぞ！」

兄は嬉しそうに褒めてくれる。

「ありがとうございます。それで、エルフの方々にも魔王城跡地で作物を育ててもらおうと思っています」

「人手が増えるのは大歓迎だ。アルト、君が決めたことならば、ワシは何も文句はないともさ。あそこは君の戦いの場所なのだから」

「はい！」

祖父も嬉しそうだし、近くにいる姉も母もニコニコしている。

何気ない、いつもの夕食のテーブルではある。

今日初めて作物を売りに行って、エルフの里でドーズを倒して、本当に色々あった。

今までにないくらい忙しい一日だった。

だからか、より強く思うのは、

……やっぱり、家族のいる中で、温かいご飯を食べれるのは、いいなあ。


皆で食卓を囲むのは素晴らしい。

更に、食卓に並ぶ食材も、自分たちがとってきたもので、それでみんなが笑顔になってくれている。

シアも隣で幸せそうにご飯を食べている。

それを見ただけで、また頑張ろうという気力も湧いてくる。

……もっと美味しい野菜や果物を育てて、皆、お腹いっぱいの笑顔に出来るように……！

そんなことを思いながら、俺は夕食の時間を過ごしていく。

†

夕食のあと、寝室に戻った俺は、シアと会議をしていた。

議題は、目の前にある、小さな黒い石についてで、

「そういえば、ドーズを倒した時に出た魔石、貰《もら》ったけど。これ、どうしようか」

なんだか、黒いもやもやが出ている。普通の石とは言い難いものだ。

「もともと魔王が作ったものだからね。魔王の魔力の残滓《ざんし》が出てるんでしょ」

「アディプスもそんなことを言ってたね。土にまいて良い影響が出るかどうか分からない、とも」

エルフの里の皆にとっても、必要ないものであり、見たくもないものであるということで、なんとなく貰ってきてしまったのだけれど。

農地に使おうにも、良い影響が出るか悪い影響が出るかすら分からないのが現状だ。

「使い道、ないよなあ。ギャンブルで土をダメにしたくないし」

「そう？　いらないなら、私が食べるけど」

「食べるって、栄養あるの？」

「人間的な『栄養』はないわね。魔力もほとんど残ってないし。お菓子とか、嗜好品《しこうひん》みたいなものよ。味はちょっと変わってるけど。エウロスとかはあんまり好きじゃないらしいんだけど、私は、こういう厄介な魔力の結晶とかよく食べてたのよ」

「そうなんだ。……美味しいの？」

「舐《な》めてみたらいいんじゃない？　毒はないから」

舐めてみた。

苦い。

祖父やメイドたちが嗜《たしな》んでいた珈琲《コーヒー》を思い出す。

その豆を直接噛《か》んだ時くらいには苦い。

「……あんまり美味しくないね。エグみがすごいや」

「言った私が言うのもなんだけど、ノータイムで舐めるの、危ないと思うわ」

「だって毒じゃないんでしょ？」

持ち込むときにしっかり洗ったし。

「ホント純真だわ……。まあ、苦みやエグみは大人の味って事でね。アルトの舌は、まだまだ、おこちゃまって事よ」

シアはにこにこ笑っている。

「いや、まあ、食べられなくはないけどさ。珈琲の何倍かくらい苦いよ？　リリーボレアのお土産で買ってきた、薬草キャンディよりもエグいというか」

「エウロスも同じような感想言ってたわねえ。ともあれ、要らないなら、はい。食べさせて」

シアはあーんと口を開けている。

その口内に静かに置くとバリバリとかみ砕いて、あっという間に飲み込んだ。

「はい、これで処理完了」

「ありがとうね、シア」

「良いの良いの。もしかしたら良いことがあるかもしれないし」

「良いこと?」

「体に合ってたなら、の話なんだけど――ああ、合ってたみたい」

と、シアが視線を送った先は、ベッドの横の棚。そこに置かれたスキル書が光っていたのだ。なんだろうと思って見ると、

『魔王の結晶取り込みにより、契約者が所有する軍団が、一律で3レベル、アップしました。合算します。

《羊飼い》アルト・グローリー　レベル460』

「レベルが数十上がったんだけど……」

「あら、小当たりね。相性が良ければもっと上がるんだけど」

人生何十年分ものレベルが上がったのに、これが小当たりとは。

「お、大当たりもあるの?」

「稀《まれ》にね。ともあれ、良かったじゃない。力になって。明日からまた忙しくなるんだしさ」

あっさりと言ってくれるが、実際その通りだ。

「そ、そうだね。開墾作業にはいくらあっても良いんだし。この力を活かして頑張ろうか」

明日からエルフから受け取った種を植えたり、経過観察をしたり、そもそも畑を拡大したりとやることは山ほどあるのだ。

……うん。やれる事が増えるというのは、嬉しいことだな。

明日を楽しみにしつつ、ベッドに潜り込んできたシアを抱きしめながら、俺は眠りにつくのだった。

†

エルフの里から帰ってきた翌日早朝。

この日もいつも通りトレーニングをしたり、シアから魔法を教わったり、新しい軍団長の情報を聞いたりと一通りの鍛錬を終えた後。

俺とシアは、魔王城跡地の畑にいた。というのも、

「ふああ、朝から元気ね、アルト」

「そりゃあ、当然だよ。この種と苗を早く育ててみたいからね！」

エルフの里で貰った種と苗を植えるのが楽しみで仕方がなかったからだ。

トマトが非常に美味しかったので、これも恐らく美味しいか、普通ではないだろう、という期待もあるが、そもそもの話として、

「新しい作物を見ると、どう育ってくれるのかワクワクしてね。ゴメンね、朝早いのに」

「良いわよ。アルトのやりたいことに付き合うのが、私のやりたいことだからね。……アディプス辺りは、朝に頻繁に呼ぶとぶーたれると思うけど」

ぶーぶー言ってる顔が想像するだけでも見える。

「あはは……アディプスは昼過ぎかな」

そもそも自分で試したいことはいっぱいあるし。アディプスに聞くのはそういったことを一通りやってからでもいいだろう。

「とりあえずトマトは、竜の二坪の端っこに植えるとして、と。あとはクルミだよなあ」

俺は手元にあるクルミの苗木を見る。

太さは直径数センチほどの苗木。その根元には、エルフの人々による文字が入ったカードが添えてあり、

「『育つまで15年』って書いてあるわね」

「大分長いね。……そうなると、このクルミも、竜の二坪に植えたほうが、どう育つのか分かりや

すいよね」

当然、早く育つ反面、雑草がモンスター化するという怖さもあるのだが、せっかく早く育つ場所があるのだから、使わなければ勿体《もったい》なくもある。

開墾して使える土地を増やす速度は少し落ちるが、今は新しい作物を育ててみたい気持ちのほうが強いし。

「エルフの人たちは、数日後には来るっていう話だし。何か分からないことがあったらそこで聞くとして、まずやってみようか」

「そうね。困った時は、アディプスとか、さっき教えた新しい軍団長を呼び出せばいいわよ」

「うん。じゃあ、やってみよう」

そして、俺はクルミの苗を一本、試しに植えてみた。

——数日後。

「いやあ……凄いことになったね」

「ふつーにでっかい木に育ったわね」

竜の二坪に植えたクルミの木は、あっという間に大木に育った。

見上げるほどの高さだ。

軽く見積もっても八メートルはある。

木の幹の太さは、苗の時と比べようもないくらい太くガッシリしたものになっているし、つけた葉っぱも青々としている。

クルミは図鑑で見たことがあるが、これはもう成木と言っていいだろう。

果実はまだつかないが、垂れ下がった花のようなものも見えているので、もう少し待てば何らかの実はなりそうである。


……エルフのトマトの時にも思ったけど、改めて異常な速度だなあ。


けれど、トマトの時と違うことはいくつかあり、

「トマトとは違って雑草は生えないのは良いことよね」

そう。今回は、雑草——というか、草型モンスターが湧き出ることはなかったのだ。二坪の端っこに植えたトマトにも芽が出ているにも拘らず、だ。

「クルミの木には、もともと雑草を抑制する効果があるらしいからね」

気になって自宅の蔵書で調べたところ、普通のクルミにはそういう特殊な物質が含まれているらしい。

もしかしたらエルフの品種改良によって、その力が増幅しているのかもしれない。

ありがたい話ではある。だが、問題が一つあり、

「雑草は生えなかったけどさ――物凄く木そのものが暴れるね」

そう。何やら特殊な物質が含まれているから、クルミの木周辺には雑草は生えない。それが普通のクルミらしい。

ただ、このエルフのクルミの木の周囲に、雑草以外にも、草型モンスターが発生しないというのは目に見えて分かる理由があり、

「あ、また産み出したわよ。モンスター駆除用らしきゴーレム」

そう、このエルフのクルミは、定期的に、自分の根本に樹木のゴーレムを発生させるのだ。

ゴーレム（仮称）の大きさは3メートルほど。

それが、草型モンスターが近寄ってこようものなら、即殴り飛ばしているのだけれど、当然、

「俺たちにも来るよねえ……！」

言っている間に殴りかかってこられたので、どうにか両手で受け止める。

3メートル級のパンチだ。

凄く重い。

足も地面にめり込んだ。

「うう……クルミの木で出来てるせいか、硬いし重いし！　草型モンスターとは別種の大変さがあ

るよ！」

研ぎ忘れたナタなどでは、文字通り歯が立たないくらい硬い。

ゴーレムは今のところ一日一回、出現するかしないかくらいで、頻度的には楽だが、一体処理するのに大分時間がかかるので、肉体的には楽ではない。

「そうねえ。いい戦闘訓練になって良いんじゃないかしら？」

「農作業で戦闘訓練するってのもどうかと思うけど……ねっ！」

喋《しゃべ》ってばかりもいられない、と俺はゴーレムの拳を受け流して、地面に叩《たた》きつける。

早めに砕かねば、ゴーレムが振り回した拳で木自身が傷ついてしまう。

放っておくと、ほかの作物にも被害が出るし、スライムたちが怖がって近づけなくなったりもしたし。早めの処理が肝心だ。だから、

「エウロス！　力を貸して！」

「はあい……ってまだこれと戦ってるの？　昨日も見たけど」

「ホントゴメンね！　昨日と同じく、砕く感じでお願い」

「しょうがないわねえ」

エウロスは微笑みながら、俺の右腕に風をまとわせた。

「小規模版テンペスト・ハンマー……！」

そのまま俺は、素手にまとわせた風のハンマーを振り下ろす。一撃でゴーレムの腕は砕け、

「風を追加！」

そのまま三連撃で全身を砕くことに成功した。

砕けたゴーレムはそのまま、光の粒となって霧散した後、地面に吸い込まれていく。

「はあ……はあ……終わった」

「お疲れー。エウロスに魔力を渡しても全然平気になってきたわね」

「まあ、それはね。これで倒れてたら、開墾が出来なくなるし」

こちらの決着を見届けたシアは、人の姿になって水を持ってきてくれた。

「ありがとう……。……ふう……どうにか守れたかな」

竜の二坪を使うと毎回こんな目にあっているな、と思っていると、

「あ、アルト様――!!」

農園と実家をつなぐ道のほうから、そんな声が聞こえた。

見ればデュランタを先頭に、エルフの人々が走り寄ってきていた。

「あ、デュランタさん?!」

「はあ……はあ……すみません。メイドの方に、こちらにいらっしゃると聞いて駆けつけたのですが」

「あ……お迎えできずにすみません」

数日後には来ると言っていたが、時間帯を聞きそびれていたのもあり、タイミングが合わなかったようだ。

何やら大きな袋を抱えている所を見ると、就農準備をしてきてくれたようだし。

手伝えなかったのは申し訳ない、と思っていると、

「いえ、それは良いのですが。ど、どうして『エルダーウォルナット』がもう生えているのですか!?　というか先ほど戦っていたのは樹木の守護者《ガーディアン》だったような………‼」

何だか興奮した様子でデュランタが話しかけてきた。

周りのエルフも驚いているようでざわざわしている。

こちらとしては、知らない専門用語がポンポン出てくるので、まず聞かねば。

「ええと？　デュランタさんから受け取ったクルミの木が育ったらこうなったんですが。樹木の守護者、とは？」

「数年に一回、『エルダーウォルナット』が発生させる魔力の結晶体でして。倒せばガーディアンの魔力が樹木に還元されて、品質が上がるのですが、非常に強く。我々が十人単位で挑むものなのです‼」

「そ、そうだったんですか？　早めに言っておいてほしかったのですけども」

「いえその……さすがにこんなに早く育つとは思わず。というか、どうして、もう成木状態まで育

っているのですか？　そちらの方が驚きなのですが！　……って、そうでした。アルト様はエリクシルフルーツですら、あっという間に育てたのでしたね。失念していました……」

ぐっと悔やむような表情を見せるデュランタ。

「ああ、いえ。こちらも説明不足でしたし。とりあえず、説明と歓迎を兼ねてお茶でもしましょうか」

「は、はい。本当に、失礼しました。ともあれ、エルフの村の青年団、十五名。アルト様の農場を借りさせて頂きつつ、力をお貸しするために参上いたしました！　どうぞよろしくお願いします！」

デュランタの言葉と共に、エルフの皆々が、こちらに対して礼をする。

さっそくではあるけれど、魔王城跡地の農場に、新たな協力者が来てくれたようだ。

†

農場の休憩小屋で、俺とシアは青年団の代表を務めるデュランタや、他のエルフの面々に向けて説明を行っていた。

「なるほど。この魔王城跡地の農場には、作物を急速に成長させるほどの魔力があるのですね」

「ええ。三ヵ月に一度収穫する普通の作物ですと、何倍かの速度で育ちますね」

「それはありがたいですね。こちらとしても、食料が早めに確保できるというのは助かる話ですし」

ドーズが倒れてから数日間の話を聞いてみたが、エルフの畑はいまだ使えないらしい。

……アディプスの診断通りだったわけだね。

見た目は元通りに近づけたものの、雑草がわずかに生えるくらいで、種を植えても芽吹くまではいかないそうだ。ただ、すぐに枯れなくなっただけでも進歩らしいし、その辺りは、今後の復旧次第ではある。

それがなされるまでの間、この魔王城跡地でエルフの里の皆が食べ物に困らない程度に、作物を作れればいいらしいが、

「土地はどの程度必要です？　直ぐに必要なら、既に耕したところをお貸ししようと思うのですが」

「いえ。それには及びません。我々が使う場所くらい、我々で耕しますとも。……ですね、皆」

そう言ってデュランタは周りのエルフを見た。彼らは無言で頷《うなず》いた。

「分かりました。どこかお望みの場所はありますか？」

「そうですね……。あの瓦礫《がれき》の近くなどをお借りできればと思います。まだ手を付けていらっしゃらないようですし」

デュランタが指示したのは、窓の外に見える、魔王城の瓦礫が目立つ一角だ。

俺としては問題ないのだが、

「大丈夫？　瓦礫、硬いわよ？」

何やらシアが気にしていた。だが、デュランタは、笑みをもって首を縦に振り、

「大丈夫ですとも。これでも我々は未開の地を開拓して、里を作ってきたのですから」

自信をもってそう言った。ならば、

「俺としては全く問題ありませんので。ぜひお使いください」

「ありがとうございます。――では、さっそく耕作班は向かってください」

「かしこまりました、デュランタ様」

そう言って、話を聞いていた数名のエルフが小屋の外に出ていき、畑を耕しに向かった。

「残りの方々は……？」

「アルト様の土地を借りるのですから。アルト様の農場のお手伝いをさせてもらうかと班分けしました」

その言葉を聞いて、俺の隣にいたシアが、小屋につけられたもう一方の窓から見える畑を指さした。

「有難いわね、アルト。もう、向こうのキャベツは収穫でしょ」

「そうだね。そこを手伝ってもらえますか？」

「勿論《もちろん》です。では、収穫班」

「はっ。行ってまいります」

そうして、他のエルフたちも出て行って、残るはデュランタだけになったが、そこでふと思い出した。

「あ、一ヵ所だけ、とんでもない速度で育っちゃう場所があって。念のため、説明しておこうと思うんですけど」

「それは……あの『エルダーウォルナット』が育っている場所のことですよね？」

デュランタの言葉に俺は頷く。やはり彼女も気付いていたらしい。

「あそこであれば、一応、最も早く作物が育ちますが、使いたいですか？」

「……気になりはしますが、今の私たちにそこまでの土地を求める理由はありません。普通の場所を使わせていただくだけで十分でございますとも」

デュランタはそう言った。であれば、

「これで一通りですかね。すみません、休憩小屋なんでごちゃごちゃしている中で説明してしまって」

「いえいえ。問題ありませんよ。しかし、この小屋、アルト様が建てられたのですよね？」

「俺以外にも、召喚したみんなの力を借りてですが」

「割と見よう見まねで、造ったわよねー」

「あはは、だから、ところどころガタついてはいるんだよね」

そう言うと、デュランタは小さく頷いて、

「なるほど……。もしかしたら、その辺りもお力添えできるかもしれません」

「お力添えというと……？」

などと話していた時だ。

「デュランタ代表――！」

そんな声と慌てた表情で、先ほど出て行った耕作班のエルフの女性が一人やってきたのだ。

†

汗をかきながら休憩小屋にやってきた女性を、デュランタは見る。青年団の副代表を務める者だ。

「どうしました？」

「いえ、その、ここの土、硬くてなかなか掘り返せないんです！　ですから、身体強化ポーションの使用許可がいるかと思いまして」

「え……？　どういうことですか？」

強化ポーションは身体能力を引き上げるが、その用途はもっぱら、魔物に襲われたとき対抗したり逃げたりするためのものだ。

畑作業に使うということはあり得ないことだ。しかし、

「あっちを見てください」

そう言われ、デュランタはエルフの青年団が鍬《くわ》を振っている場所を見る。

休憩小屋から少し離れたそこは、耕される前の、ただの平地だ。だが、

――ガギン!!


と、重たい音を立てて、鍬が弾かれているのだ。

力が入っていないわけではない。振るう勢いは早いし、弾かれた後、青年団の面々は、手をしびれさせている。

「岩に突き立てようとしているみたいですよ、これ」

鍬を持ったエルフに言われたデュランタは、休憩小屋から出て、彼の近くに行って地面を軽く拳で小突く。

感触は土だが、拳は全くめり込まない。

「……確かに、これは……硬いですね。アルト様、いつもはどうやって耕しているのですか？」

問うと、アルトは、意外そうな顔をして、

「どうやって……と言われても。どうにか力業で」

休憩小屋の傍らに立てられた鍬を握って、

「このように」

——ドゴッ！


振るった瞬間、鈍い音がした。

まるで、重たい岩が落下するかのようなそんな衝撃が、アルトの振るった鍬の先から走ったのだ。

とんでもない力が振るわれたのが分かる。竜と渡り合っていたのだから凄まじい膂力《りょりょく》であることは分かっていたが、逆に言えばそれほどの力がなければこの地は耕せないのだろう。

身体強化ポーションを飲めば少しは手伝えるかもしれないが、そうだとしてもポーションの量は足りないだろう。なので、

「……すみません。アルト様。我々の今の装備では土をほぐす作業ができなさそうなので、先ほどの言葉は訂正し、既に耕された地で種植えなどをやらせてもらえますか？」

「あ、了解です。向こうは、俺が一度耕しているので、すぐ作物を植えられそうな場所になっているので。そっちに案内します」

「ありがとうございます。お世話になりっぱなしで」

「いえいえ」

と、話していると、

「代表——！」

向こうの畑で収穫作業を手伝っていたエルフたちから声がした。

「今度はなんです？」

と、そちらを見ると、

「ここの雑草、モンスター化しててやばいです！　気を抜いたら、普通に攻撃食らいます！」

自分たちと同じような背丈の草から、触手の鞭《むち》をふるわれている者たちがいた。

畑を魔物が襲いに来るのは時折あるが、この地は、雑草がモンスターになっているとは。

「……これが、この地の日常なのですか、アルト様。良くご無事でいられますね」

「あはは……。まあ、慣れと、仲間たちの協力あってこそです。ともあれ、口頭説明以外にも、実際に触れてみながら、色々お伝えできればと思います」

「何から何までお手数おかけします……！」

デュランタは、この日、この地に対して理解を深めることに専念することを決めた。

†

夕方になって、デュランタは、休憩小屋の隣に設けられたベンチに座って、空を見上げていた。

周辺には他の青年団の面々もいる。

その顔には疲労が浮かんでいて、

……この地に来てから数時間も経ってないのに、驚きばかりだ。

デュランタは、強くそう思った。

今まで、里の畑を広げるにあたって、いくつもの問題に出くわし、それを解決してきたという自負はあったのだが。

その自負は、この地ではあっという間に砕かれてしまうくらいには、驚きと難題が多かった。

まず、直面したのは土地の問題だ。

この土地全体に散らばっている魔王城の瓦礫が異常なまでに硬いのだ。

魔王が住まう城だったのだから当然なのかもしれないが、極上の魔法耐性があり、魔法での破壊が基本的に不可能だった。

もはや城の一部ともわからない、レンガ一つですら、魔法をはじく。炎を当てようが、氷を当てようが、衝撃を当てようが、ビクともしない。

たかが瓦礫、とは全く思えない。硬すぎる物体がそこら中に転がっている。

更に言えば、土そのものが、硬い。

普通の土のような耕し易いところはほとんどないし、岩のように硬い土ですら、まだ楽な方だ。金属でできてるんじゃないか、と思うような土すらある。

魔王城の土台となっていた土地だからか、瓦礫の粉末が施されているからか。原因は分からないが、とにかく土が頑丈だった。

とりあえず、当面の作物を育てる畑は、アルトがすでに柔らかくした土地を使う、ということで解決したけれども、

……アルト様は、よくぞこの土地を開墾できている……。


そんな苦労をして開墾した土地を簡単に貸してくれるのだから、二重の意味で驚きである。

いや、さらに言えば、自分たちエルフが疲労でくたくたになっているにも拘《かかわ》らず、

「よーし。あとは向こうも耕しておこうか」

「そうね。やっちゃいましょう」

アルトとシアは、まだまだ元気なまま、開墾作業を続けている。

雑草（と言って良いのか分からないほど強いモンスター）が襲い掛かってこようが刈り取るし、畑に蛇（と言うだけにしてはあまりに強すぎるモンスター）が現れようが落ち着いて対処して倒してしまう。

その上で畑仕事もこなしているのだ。

この体力にも、また驚きだ。自分たちなど、自分自身を守るので精いっぱいというか、アルトがスライムを護衛にしてくれなかったら、そもそも満足に働くどころではなかった。

……我々は、魔王城跡地という地を甘く見ていましたね。

そう思ってデュランタは立ち上がり、アルトに声をかける。

「アルト様。お手伝いがあまりできずにすみません」

「え？　いや。種まきなどもやってもらいましたし、そちらの作物も育てなければならないのに、充分手伝ってもらいましたよ」

アルトはそう言ってくれるが、こちらとしては何もできていないと思ってしまう。だから、

「今日は一旦、準備を整えるために出直そうと思います」

「準備、とは？」

「この地に、我々エルフが数日間、仮眠できる小屋を建てても良いですか？　泊まり込みで作業しないと、アルト様にお手間を取らせるだけになってしまいそうですので」

「あー、まあ、確かにエルフの里からここまで通うのは効率的ではないですしね。それなら、屋敷に泊まられても大丈夫ですよ？」

「そこまで迷惑をかけるわけにはいきません。……いえ、この地に部外者である我々を泊める、というのも、迷惑かもしれませんが……。可能でしょうか？」

客観的に見れば、人の領地に勝手に建築物を造りたい、と言っているのだから。拒否されても仕方ない、と思いながら聞くと、

「構わないですよ。祖父からは好きにしろ、と言われていますし。それに、ウチの畑を手伝ってくれる人であれば、部外者ではありませんよ」

そう、気楽に言ってくれた。

「なんなら、住める家を作って貰ってもいいかもしれません。念のため、このあと祖父に話を聞いてみますね」

「ありがとうございます……！　では資材を持って、明日にでも伺いますので！」

†

エルフたちが農場を去った後。

俺は農場に残って、開拓作業を続行していた。

といっても、もう夜になる。

スライムたち以外は、もう返してしまっているし、自分もそろそろ切り上げ時だ。

……エルフの皆を送ってるシアが戻ってきたら、自分も屋敷に帰ろうかな。

と思っていたその時だ。

『……助けてー』

か細い声が、どこかから聞こえた。

「うん？」

それは魔王城跡地の、まだ開墾されてない、雑草と瓦礫まみれの土地からで。

暗くなりつつあるそこに、何やら二メートルくらいの丸っこい物体が浮かんでいるのが見えた。

……何かのモンスター？　いやでも、敵意みたいなのは感じないけど……。

なんだろうと思って、近づいてみる。すると、だんだん見えてきたのは、

「……毛の塊……？」

何やら薄汚れた毛が密集したもの。それが目の前にあった。

「ここから声が聞こえた……んだよね……？」

思わずつぶやくと、

『ま、前が見えないよおー』

と、また聞こえた。確実に目の前の浮かんだ毛からだ。というか、よく見たら、浮かんでいるのではない。

細い小さな足が、下にわずかに生えているのが見えた。さらに言えば毛自体にも見覚えがあり、

「君、もしかして羊か！」

そうだ。農家から羊が脱走して、数年間捕まらなかったせいで毛が伸びすぎた羊というのを見たことがある。

それに近しい、しかし、その時よりも、明らかに毛量が多いモノが目の前にいたのだ。

「でもどうしてこんなところに……」

エルフの面々が連れてきたのだろうか。あるいは、どこかの農家から逃げ出したのかもしれない。だから聞いてみる。

「君、どこから来たんだい？」

『遠いところから……って、あたしの言葉が分かるの⁉』

「うん。聞こえているよ」

『うわあぁん。近くにいるなら助けてー！　何も見えないのー』

言葉の意味ではそんなふうに、鳴き声としてはメーメー言うのが聞こえた。

大分、困っているようだ。

「毛刈りか。一応、牧場の人たちから習ってはいるけれど」

それこそ羊飼いの職業を得たのだからと、羊の世話の方法は領地の牧場の人から一通り教わった。毛刈りもその時体験させてもらったからやり方は分かる。

だから俺は腰にある作業袋から、毛刈りばさみを取り出して、

「ええと、まずは横になってくれる？」

『はあい』

ドシーンと大きな音を立てて横になった羊の毛に俺は触れる。

汚れているが見た目以上に柔らかい。ふかふかふわふわだ。

……ええと、頭の位置を確かめて、体を傷つけないように……。

と、丁寧に、ハサミを毛の間に入れ、切ろうとした。だが、

――ギ

という音がするだけで、毛が切れない。

「……ん？」

もう一回ハサミを動かす。しかしやはり切れない。物理的に刃が通らないのだ。

……なんだこれ。柔らかいのに全く切れないぞ……。

毛が柔らかい筈《はず》なのに、硬い。そんな感じだ。

こんな羊は見たことがない。もしかすると、魔王城の近くで育ったからだろうか。あるいはエルフによる品種改良が進められたのか。

どちらにせよ、鉄のハサミでは歯が立たない。しかし、

『見えないー』

明らかに困っている。ほぼ泣いている。鳴いてもいるが。

どうにかしてあげたい。だから、

「【来たれ：ハバキリ】」

俺はハバキリを呼んだ。

空からナタが降ってきて、横に着地する。その中から半透明の男が出てくるが、明らかに眠い目をこすっている。

「うー、なんじゃ、坊主。もう寝る時間じゃ……」

今日は既に働いた後だから、こうなるのもわかる。

「ごめんごめん。最後に一仕事お願いしたいんだ。刃を使わせてくれるだけでいいから」

「おう。なら、いいが。あんま動けんぞ」

「大丈夫。じゃあ、ちょっと失礼して」

ナタになったハバキリで、試しに毛を切ってみる。すると、当然ではあるが、

「うん、ハバキリなら切れるね」

尋常の刃物でないハバキリであれば、問題なく切れるようだ。

「でもこのままじゃ危ないから……ハサミみたいになれる？」

「おう？　構わんが……。この感触は……」

寝ぼけた瞳でハバキリがムニャムニャ言っているが、ハサミの形になってくれた。あまり羊を横にさせ続けるのも申し訳ない。だから、

「んじゃ、ちゃっちゃと行くよー」

寝ころんだ羊の毛をチョキチョキと切っていく。

†

「こんなものかな。どうだい？」

切れ味はやはりよく、なおかつ羊がおとなしくしてくれることもあってか、五分ほどで毛刈りは終了した。

そして目の前にいるのは、

『あー、さっぱりした！』

真っ白な短い毛になった羊だ。

また、今更気づいたが、ところどころに金色の毛も混じっている。これもまた見たことがない羊の毛並みだが、ともあれ、

「上手くいって良かったよ。もう前は見えるかい？」

『うん。ありがとうー！』

と、羊が言った瞬間。

——カアッ

と、羊が金色の光に包まれた。

「え？　何？」

夕闇の中で目立つ金色の光は、羊を包み切るとすぐに収まった。そして光の中から現れたのは、

「ほんとに、ありがとねえ！」

白い髪の毛をした女性だ。年齢でいうと、20歳くらいだろうか。

柔和な、優しそうな顔つきで、一目で美人と分かる。

そんな彼女は、明るい声と共に、俺のことを抱きしめてくる。

大きな胸で俺の顔面がうずまった。

「うぷ……⁉︎」

「お陰で、君の姿も良く見えるよ！　五十年、刈ってくれる人がいなかったからさー」

などと、そんなことを彼女が言った瞬間だ。


「あー！」

シアの声がした。

「し、シア？」

無理やり首を曲げて見ると、人の姿のシアがこちらを指さしていた。さらには、

「何してるのよフルフル！」

俺を抱きしめている女性を指さしてそう言った。

「え……シア。この人、知り合い？」

「知り合いも何も、伝説の魔獣の一体よ。そいつ！」

その言葉を聞いて女性の顔を見ると、彼女はゆったりとシアの方を見て、

「あー。やっぱりマルコシアスが目覚めてるー。五十年ちょっとぶりだねえ。それと……んー、魔力のつながりから見て、アナタはマルコシアスの契約者？」

改めて俺の方を見て、そう言った。その瞳は、吸い込まれそうなくらい透き通っていて、人間とは別物であることを感じさせた。

「そうですが、貴女《あなた》は本当に伝説の魔獣……？」

「そうなのー。あたし、プラム・マオ・フルフルって言うの。この世界のあらゆる生き物を眠りに落とせる程度の魔獣だから、よろしくねえー」

さらにこう言った。

「あたし、自分の毛を刈れる人を夫とするって決めてるんだけど。あたしと結婚してくれない？」

書き下ろし　アディプスが教える心地のいい睡眠の取り方

「アルト、お昼寝タイムに移行します」

魔王城跡地の畑にて、最近新しく主となった少年に向けて、アディプスはそう言った。

「え？」

「早朝4時から10時間ぶっ通しで休みなし作業は体を壊すのです。あと私も寝たいです。なので、お昼寝タイムです」

朝からずっと働きっぱなしの新しい主は、意外そうな顔をしている。

長らく共に生活することで分かってきたが、アルトはこの地の開拓——というか、食べられる作物を作ることに熱心で、自分たちのような召喚された者にすら、腹が減ってないか？　と、逐一聞いてくるくらい優しい人だ。

かつてマルコシアスと戦場を駆け抜けていた日々とは、随分と違う。環境も感覚も。

それは今までになかったことで、個人的には素晴らしい事だと思う。ただ、彼は明らかに働きすぎな面がある。

そして、目的の為なら、割と言っても聞かない。

……この畑をちょっと耕すだけだから、とか言って、徹夜で耕してたこともありましたです。その時は流石に、メイドから『やりすぎです坊ちゃん！』と嗜《たしな》められていたので、彼の身内からしても行き過ぎな部分はあるらしい。なので、

「睡眠の質を上げるためにはまずお風呂で体を温めるです。脱がすです」


こちらも言うと同時に行動も見せようと、アルトを糸で巻いた。

それとほぼ同時のタイミングで、

「アディー。お湯はこの辺でいいかしら」


背後から声がした。

自分をアディーと呼ぶのは、風の精であるエウロスだ。

遥《はる》か昔からマルコシアスの軍団長の同僚として、長年の付き合いであるからこそ、割と息もあっている。だからこそ、こっちのやりたいことにも同調してくれていて、
農場の端で沸かしたぬるめのお湯を風のベールで囲んで、球体にして持ってきていた。

「ありがとうです。では、糸で浴槽を作るです」

自分の糸は水をはじく性質を持つ。その代わり大分縮むが、うまい具合に深皿型にすれば、水やお湯を溜めることもできる。

というわけで、即席の浴槽の完成だ。

「とりあえずゆっくり浸《つ》かるのです。気持ちいいでしょう」

アルトを剝いて、ゆっくり入れた。

「まあ、うん、温かくて気持ちいいけど……。俺の服をアディプスの糸で脱がされて、体がエウロスの風とお湯で流れ作業のように洗われているから、収穫後の芋の気持ちにもなるというか」

いろいろ言っているが、お湯の温度は抜群らしい。

「気持ちいいなら何よりです。では、私も芋のように洗われましょう」

「アタシもアタシも～」

糸で作った浴槽の中に、三人で入る。

クモの状態で入ると体が大きすぎて湯船からあふれるので、だいぶ人間の成分多めだ。それ故、良い感じにお湯が皮膚にあたる。

「ふう……良い気持ちです」

お湯につかっていると背後からエウロスが、自分の胸を風でぎゅっと握ってきた。

「んっ……。何するです、エウロス」

「アディー。おっぱい大きくなったんじゃない」

「そですか？　エウロスほどではありませんが、まあ、成長するのは良い傾向です」

エウロスは整った彫刻のような体型をしている。そんな彼女に褒められるのは悪い気はしないな、と思っていると、

「……あの、俺も入っている所でそういう会話をされると、反応に困るんですが」

アルトがそんなことを言ってきた。

「その割には頰を赤らめていないというか、だいぶ慣れている気もするですよ？」

「そうよそうよ。こんな美しくて、かわいい子たちに囲まれてるんだから」

男の子というものがどういう反応をするか自分たちは経験に乏しいけれども。それでも、一般的には照れてくれたりするものなんじゃないか、と思う。

「うん、可愛いのは肯定するし、個人的にも、この状況はとても嬉《うれ》しいとは思うんだけどね。洗われ状態からの落差でビックリの方が勝っちゃってね……。あと家《ウチ》だと、フミリス達に体洗ってもらうことがあるからさ」

そういえば、アルトは貴族であった。メイド達に体を洗われることもあるだろうし、多少は慣れているのだろう。

……大人びているのは、それだけが要因とは思えないですが。

というのも事あるごとに、このアルト少年は、見た目以上に成熟している雰囲気を出すのだ。感覚的には、歴戦の戦士とか、そちら系のちょっと武骨なものを。エウロスを憑依《ひょうい》させて戦ってい

る時なども、明らかに習ったようなものではない格闘の動きをするし。

……ま、マルコシアスの主となるような人ですから、そういった面で普通の子供ではないのでしょうね。

そこは気にしないでおこう。こちらとしてもやりやすいし。

「可愛いとの誉め言葉も受け取ったことですし。体も温まったしちょうどいいでしょう」

エウロスの風で、体のお湯を掃《はら》ったあと、新しく糸を出す。今度作るのは、寝間着と寝具だ。網目を細かく出した糸で簡単なシャツ、ショートパンツを作って、アルトを含め自分たちに着せる。

「着心地はどうです？」

「絹みたいにしっとりしていて、すごく良いよ。アディプスってこういう織物も出来るんだね」

「まあ、普段は面倒なのでやりませんが。抜群の睡眠の為なら」

個人に合わせた服を作ろうとすると型紙を作ったりしなければならないし、工程数が多いのでやる気はないが。羽織るだけ、あるいは履くだけでいい、適当な大きさの寝間着なら、効果に対して、手間が見合う。

そう思いながら、更に糸を出す。単体で使えば、ハンモックになるような形の糸の束を、幾重にも重ねていく。

それだけで円形の幅広ベッドの完成だ。

ついでに服を作った時の要領で、目の粗いタオルケットを一枚織って、かければ、

「さあ、特製の寝具完成です。当然私も寝ます」

先に入って横になりながら言った。

「そこは先に入るんだ」

「寝心地は、まず私が確かめなければなりません。――抜群です。どうぞ」

隣をポンポンと叩《たた》くと、促されるままにアルトは乗っかって、寝ころんだ。

「うわあ……確かに良い反発力だね」

「でしょう」

そのまま彼は目を瞑《つぶ》って、味わうように脱力して、

「気遣ってくれてありがとう、アディプス。エウロス……」

とだけ言うと、

「……」

すう、と寝息を立てていた。

ベッドに入ってきたエウロスが、その顔を覗《のぞ》き込む。

「あら、アルト。寝つきが良いわね」

「やはり、なんだかんだ疲れていたのでしょう」

自分たちを召喚する魔力もアルト持ちなので、疲労は溜《た》まっていくだろう。

更には、家の蔵書で学んでいるとはいえ、慣れていない開墾を延々と続けているのだ。当然のように体力を使う。

それ以外にも、魔王城の硬い土地、雑草のように生えてくるモンスター、時折変わる天候を日々、相手取っている。

「毎日、頭も体も使って頑張ってるものねえ」

「ええ。その目的が、自分も含めた家族や……私たちのお腹を空かせたくないという一念なのですから。優しい人です」

言いながら、自分とエウロスは、寝入った彼のことを抱きしめる。

体格は小さく、しかし筋肉のついた力強い体だ。

疲労によるこわばりもあるので、それが少しでも取れればいい、と思っていると、

「あ――――！」


彼方より声がした。

見れば、人の体をしたマルコシアスがいて。

「私がおやつを食べに行っている間に、ずるいわ！　私もアルトと寝る――！」

と、こちらに向かって突っ走ってきた。

「小さくなった前ご主人様は元気ねえ」

「ま、その元気をアルトにも分けてもらいましょう」

言いながらすっかり寝ているアルトを見る。

睡眠が深くなったのもあるだろうが、起こさないように、自分とエウロスの胸で耳を塞いでいるのも効果があったのか。

マルコシアスの声にも気づかず睡眠続行中だ。

「このまま、ゆっくりお昼寝タイムです」

横たわったままのアルトを見て、エウロスは頷《うなず》いた。

「そうねえ。現ご主人様が、開拓の望みを果たせるように、休憩しましょう」

自分を含め、アルトやエウロス、そして主人が寝ていることに気付いてお淑やかになり、ゆっくり入り込んできたマルコシアスも。

晴天の下、一つのベッドで、家族がそうするように、寄り添って眠りについていく。

あとがき

『昔滅びた魔王城で拾った犬は、実は伝説の魔獣でした～隠れ最強職《羊飼い》な貴族の三男坊、いずれ、百魔獣の王となる～』の一巻をお手に取って頂き、有り難う御座います。

著者のあまうい白一《しろいち》です。


本作は飢えること以外ノーダメージな主人公が、努力を積み重ねながら荒れ地を開拓し、仲間（家族）を増やして、豊かにしていく『開拓グルメファンタジー』となっております。

この一巻ではアルトが飢えることを怖がり、自分も家族も飢えなくて済むように作物を育てて頑張る、という彼の土台を描くことになりました。

お腹が空いては戦えないし、お腹が空いては幸せな気持ちにもなれない。反対に、自分とみんなのお腹を満たす為なら、どこまでも頑張れるという部分を、しっかり描けたかな、と思います。

今後は、それに賛同する仲間たちもどんどん増えていくでしょうし、アルトと最初に契約したシアを含め、伝説の魔獣もどんどん出てきます。どんな仲間と共に、寂れて滅びた魔王城跡地は、豊穣に向かって進んでいくのか、といった感じの物語を楽しんで頂ければ幸いです。

ここから宣伝になります。

本作を原作としたコミックが、講談社の『水曜日のシリウス』にて、2月より連載開始します！

コミック版の作者は松本蓮士《まつもとれんじ》様です。

コミックの中で活発に動き回るアルトとシアといったキャラクターたちが、とても可愛く格好良く。楽しんで頂けると思いますので、是非、お手に取って頂ければ嬉しいです！


以下、謝辞となります。

イラストレーターの鍋島《なべしま》テツヒロ様。仕事でご一緒するのは二シリーズ目になりますが、今回も、素敵なイラスト、キャラクターを描いて頂きました。アルトもシアも、可愛く格好良くて、最高です。本当に、ありがとうございます！

担当編集の栗田様、講談社ライトノベル出版部の皆様、関係者の皆様。本作品を形にするにあたって、様々なサポートをして頂き、ありがとうございます。

アフターグロウ様。スタイリッシュで恰好いいデザインをありがとうございます！

そして読者の皆々様。ここまで読んで頂き、ありがとうございました！

次の巻で、また、お会いしましょう。それでは。

あまうい白一

アルトとシアの活躍が
漫画でも読める！
［漫画］松本蓮士

コミカライズ
昔滅びた
魔王城で拾った犬は、
実は
伝説の魔獣
でした
～隠れ最強職《羊飼い》な貴族の三男坊、いずれ、百魔獣の王となる～
ニコニコ漫画×月刊少年シリウス
水曜日のシリウスにて
連載開始！

Kラノベブックス

昔《むかし》滅《ほろ》びた魔王城《まおうじょう》で拾《ひろ》った犬《いぬ》は、実《じつ》は伝説《でんせつ》の魔獣《まじゅう》でした

～隠《かく》れ最強職《さいきょうしょく》《羊飼《ひつじか》い》な貴族《きぞく》の三男坊《さんなんぼう》、いずれ、百魔獣《ひゃくまじゅう》の王《おう》となる～

あまうい白一《しろいち》

2025年1月29日第1刷発行

発行者	安永尚人
発行所	株式会社 講談社 〒112-8001　東京都文京区音羽2-12-21
電　話	出版　(03)5395-3715 販売　(03)5395-3608 業務　(03)5395-3603
デザイン	AFTERGLOW
本文データ制作	講談社デジタル製作
印刷所	株式会社ＫＰＳプロダクツ
製本所	株式会社フォーネット社

KODANSHA

ISBN978-4-06-538570-8　N.D.C.913　269p　19cm
定価はカバーに表示してあります

ファンレター、
作品のご感想を
お待ちしています。

あて先
〒112-8001　東京都文京区音羽2-12-21
(株) 講談社　ライトノベル出版部 気付
「あまうい白一先生」係
「鍋島テツヒロ先生」係

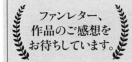